VALERIA

Juan Pablo Segovia

ISBN-13: 9798871672440

Diseño de la portada de: Pintor artístico
Número de control de la Biblioteca del Congreso: 2018675309
Impreso en los Estados Unidos de América

CONTENIDO

INTRODUCCIÓN

En el corazón de esta emocionante y apasionada novela se encuentra la historia de Valeria Sandoval, heredera de una considerable fortuna y destinada a seguir los pasos de su influyente padre, el Dr. Pablo Sandoval. Criada en un mundo de privilegios, Valeria se ve atrapada entre las expectativas familiares y su propio deseo de forjar su camino.

El destino interviene cuando Valeria conoce a Adrián García, un humilde profesor de música cuyo talento y pasión por la vida capturan su corazón. Su encuentro desencadena una serie de eventos que desafían las normas sociales y ponen a prueba su valor y lealtad.

A medida que su amor por Adrián florece, Valeria se encuentra en un cruce de caminos, luchando por reconciliar su amor prohibido con las obligaciones impuestas por su linaje. Mientras tanto, Adrián, a pesar de su amor por Valeria, enfrenta sus propias batallas internas y los desafíos de su origen modesto.

La historia también sigue a Laura, madre de Valeria, una mujer de gran fortaleza y corazón, que ha dedicado su vida a su familia y a causas benéficas. Su matrimonio con Pablo, aunque lleno de respeto mutuo, oculta secretos y tensiones que eventualmente saldrán a la luz, añadiendo complejidad a la trama.

Con personajes ricos y una narrativa emotiva, esta novela explora temas de amor, sacrificio, lealtad y las consecuencias de las decisiones que tomamos. Es una historia de contrastes: entre la riqueza y la simplicidad, el deber y el deseo, y finalmente, entre lo que el corazón quiere y lo que la sociedad espera.

CAPÍTULO 1: MELODÍAS DEL CORAZÓN

El gran salón del hotel brillaba con una opulencia sublime, los candelabros de cristal lanzaban destellos de luz sobre los invitados que se desplazaban de un lugar a otro entre risas suaves y conversaciones animadas. Todo en la noche estaba diseñado para impresionar, desde las mesas meticulosamente arregladas hasta los delicados aromas de la cocina gourmet que llenaban el aire.

El salón se hallaba engalanado con decoraciones sofisticadas y luces delicadas, y se llenaba de las vibrantes conversaciones de la crème de la crème de la sociedad, políticos y magnates, todos reunidos bajo un techo común por una causa noble: ayudar en la investigación para la cura del cáncer en un evento organizado por la madre de Valeria, Laura.

La doctora Laura Sandoval, esposa del empresario y filántropo multimillonario, el Dr. Pablo Sandoval, era el pilar indomable detrás de este magnífico evento. Una sobreviviente feroz y elegante del cáncer de mama, Laura se movía por la sala con una gracia que disfrazaba la batalla brutal que había enfrentado. Su sonrisa, resplandeciente y llena de vida, ocultaba hábilmente las cicatrices de su lucha, mostrando al mundo solo su fortaleza y determinación.

Con un vestido que complementaba sutilmente su belleza resplandeciente y su espíritu indomable, Laura interactuaba con los invitados, asegurándose de que cada detalle del evento estuviera a la altura de las expectativas. Aunque siempre llevaba consigo el recordatorio de su propia batalla, Laura estaba decidida a convertir su experiencia en una fuente de esperanza e inspiración para otros, utilizando su influencia y recursos para hacer una diferencia tangible en la lucha contra el cáncer.

Valeria, la hija mayor de Laura, hizo su entrada acompañada por Diego Montes, heredero de una de las familias más adineradas y prestigiosas de la ciudad, capturando instantáneamente las miradas. Su figura esbelta se destacaba elegantemente en un vestido color esmeralda que complementaba sus vibrantes ojos castaño oscuro. Sus rizos oscuros estaban recogidos con gracia, dejando al descubierto su piel, clara y delicada. La presencia de Diego, conocido tanto por su linaje como por su encanto, añadía un aire de distinción a la pareja.

"Valeria, mi amor, esta noche es el comienzo de algo extraordinario", dijo Laura al verla acercarse y saludar a Diego cariñosamente, tomando las manos de Valeria entre las suyas, sus ojos brillando con una mezcla de esperanza y una especie de tristeza resignada. "Nuestra batalla es dura, pero juntas, con el apoyo de estas maravillosas personas, haremos una diferencia".

La relación entre Laura y Valeria era una mezcla intrincada de amor maternal y expectativas, y a pesar de las apariencias glamorosas, había una corriente subyacente de presión y esperanza en sus interacciones. Laura, consciente del delicado balance de la vida, albergaba deseos intensos para el futuro de su hija, cada gesto y mirada transmitiendo un sinfín de palabras no dichas.

Con el corazón lleno de propósito y los ojos llenos de sueños no realizados, Laura se despidió de ellos y continuó navegando entre los invitados, su presencia una fuente constante de calor y inspiración.

El compañero de Valeria, Diego, alto y de hombros anchos, llevaba un esmoquin que resaltaba su cabello rubio y sus ojos azules. Se movía con una confianza que revelaba una familiaridad con este tipo de entornos lujosos.

"Valeria, estás absolutamente deslumbrante esta noche", comentó Diego, su voz teñida con una vibración de fascinación.

"Gracias, Diego. Es una noche importante para una causa crucial", respondió Valeria, su tono era cortés, pero distante. "Diego, siempre sabes qué decir", continuó Valeria, forzando una sonrisa mientras se acomodaba el vestido, sintiendo el peso de las expectativas que la noche llevaba. Diego la miró, una sonrisa cómoda adornaba su rostro, pero en sus ojos había una chispa de algo más profundo, una mezcla de anticipación y paciencia.

Diego le ofreció su brazo, y Valeria, educada y consciente de las apariencias, lo aceptó graciosamente. Mientras caminaban por el salón, una orquesta invisible parecía tocar una melodía de expectativas no dichas y promesas inciertas. Diego hablaba, su voz era un murmullo suave de palabras elegantes y cumplidos encantadores, pero para Valeria, cada palabra resonaba con las sutiles presiones de su padre y el mundo que la rodeaba.

"¿Te está gustando la noche, Valeria?", preguntó Diego, su voz bajando un tono, buscando una conexión más profunda, una señal de reciprocidad.

"Sí, es una velada maravillosa, y todos parecen estar disfrutando", respondió Valeria, permitiendo que sus palabras fluyeran con una facilidad practicada, protegiendo sus verdaderos sentimientos bajo una capa de cortesía.

Hubo una pausa, un momento de silencio en el que los ojos de Diego buscaron los de Valeria, buscando algún indicio de las emociones que yacían debajo. "Valeria, quiero que sepas que realmente me importas", dijo Diego, sus palabras llevaban un calor genuino, sus ojos brillando con una luz de sinceridad.

Valeria sintió un tirón de simpatía hacia Diego, consciente de su bondad y sus intenciones genuinas. Pero también había una resistencia dentro de ella, una barrera invisible creada por la falta de pasión verdadera y la presión externa de conformidad.

"Gracias, Diego. Eres muy amable", dijo Valeria, sus palabras un eco suave en la inmensidad del salón, perdiéndose en las sombras de las expectativas no cumplidas y los deseos ocultos.

La noche continuó como una danza de palabras y miradas, un escenario donde se representaba una obra de esperanzas y compromisos. Valeria y Diego, juntos en apariencia, pero navegando por las aguas tumultuosas de emociones no expresadas y pasiones no correspondidas.

Entre los invitados, una figura captó la atención de todos. Adrián García, sentado frente al piano, llenó la habitación con melodías encantadoras. Sus manos grácilmente deslizándose sobre las teclas del piano, llenaban el salón con melodías que tocaban el corazón. Su cabello negro estaba cuidadosamente peinado hacia atrás, y sus ojos oscuros brillaban con una luz que reflejaba una profundidad y una pasión por la música. Vestía un traje negro que complementaba su figura delgada y atlética, y cada movimiento que hacía parecía estar en armonía con las notas que fluían del piano. Su presencia, aunque serena, llevaba un magnetismo silencioso.

Valeria se sintió inexplicablemente atraída hacia él y se apartó momentáneamente de Diego, quien estaba absorto en una conversación con otros invitados. Guiada por una curiosidad inesperada, sus pasos la llevaron cerca del piano. Las notas que Adrián extraía del instrumento parecían crear un hilo invisible que la atraía hacia él. Sus miradas se encontraron, y en ese breve instante, un destello de conexión inexplicable y profunda surgió entre ellos.

"Tu música es hermosa. Toca el corazón", dijo Valeria suavemente, permitiéndose quedar cautiva por su talento mientras se acercaba al piano. Sus ojos estaban llenos de admiración mientras observaba las manos de Adrián moverse por las teclas con una destreza natural. "Soy Valeria, la hija de la anfitriona", se presentó, extendiendo su mano en un gesto amigable.

"Gracias, Valeria", dijo Adrián, aceptando su mano con una suave firmeza, su tacto fue cálido y envolvente. "Me llamo Adrián. Es un placer y honor contribuir a esta noche", respondió, una sonrisa iluminando su rostro y haciendo brillar aún más sus ojos oscuros. "Tu madre ha organizado un evento maravilloso por una causa muy noble."

"Es verdad", asintió Valeria, su mente todavía envuelta en las melodías que él había tocado. "Tu música ha añadido algo muy especial a esta noche. Ha creado una atmósfera mágica que ha tocado a todos aquí."

Adrián inclinó la cabeza en agradecimiento, "Eso espero. La música tiene una manera única de conectar a las personas y transmitir emociones", dijo. "Y esta noche está llena de esperanza y generosidad."

Valeria sonrió, sintiéndose conectada a sus palabras. "¿Cómo llegaste a ser un músico tan maravilloso?", preguntó, queriendo conocer más sobre el hombre detrás de las encantadoras melodías.

Adrián se rió suavemente, "Bueno, ha sido un viaje largo. La música ha sido mi compañera constante y mi mayor pasión desde que era un niño. Cada nota que toco lleva una parte de mi historia, mis sueños y mis esperanzas."

"Es hermoso", murmuró Valeria, sintiéndose inesperadamente conmovida por sus palabras y la pasión con la que hablaba de su arte.

Justo entonces, Diego regresó, interrumpiendo el momento íntimo. "Valeria, hay algunas personas que quisieran conocerte", dijo, con una leve rigidez en su tono.

Valeria asintió, dirigiéndole una última sonrisa a Adrián. "Fue maravilloso hablar contigo. Espero que podamos continuar nuestra conversación más tarde", dijo, permitiéndose sentir una punzada de desilusión al tener que alejarse.

Por supuesto, Valeria. Estaré esperando", respondió Adrián. Su voz llevaba un tono de promesa mientras ella comenzaba a separarse de su lado, sintiendo que algo mágico y predestinado comenzaba a tejerse entre ellos, como hilos invisibles que los unían en el gran telar del destino.

Durante la cena, las conversaciones fluyeron, pero era evidente que algo más profundo e indefinible se tejía entre Valeria y Adrián. Compartían miradas, en una conversación no verbal pero intensamente comunicativa. La noche avanzó, y aunque los intercambios cordiales y las sonrisas eran constantes, había una corriente oculta de emoción y deseo circulando entre ellos, una presencia palpable que parecía augurar turbulencias y pasiones, que no pasó desapercibida por Diego.

Diego, aunque presente físicamente, parecía desparecer en el fondo ante la química entre Valeria y Adrián. "¿Te gustaría bailar?", preguntó Diego a Valeria, en un intento de recuperar su atención. Valeria aceptó, pero sus ojos buscaban a Adrián por el salón.

La noche continuó, revelando momentos de conexión inesperada, miradas robadas y palabras no dichas que resonaban con significado. El salón, bañado en una suave iluminación, se convirtió en un escenario de emociones entrelazadas, variando desde el deseo y la esperanza hasta la inquietud y los celos sutilmente disimulados.

"Ha sido una noche maravillosa," comentó Valeria, despidiéndose de un grupo de invitados. Laura y Diego, en otra parte del amplio salón, hacían lo mismo con otros invitados. Sin embargo, las palabras de Valeria, aunque corteses, parecían tener un destinatario más específico, uno que iba más allá del simple formalismo social.

Al acercarse a Adrián, Valeria dejó que su mirada se detuviera un instante en él, un gesto pequeño pero cargado de significado. "Espero que nos volvamos a ver y poder escuchar más de tu música. ¡Es maravillosa!", expresó, con un tono que iba más allá de la mera cortesía. Sus palabras, ligeras como una brisa, pero densas en su intención, flotaban entre ellos, creando un espacio lleno de promesas y expectativas no verbalizadas, pero claramente sentidas.

Adrián, por su parte, le devolvió la mirada con una mezcla de sorpresa y agradecimiento. "Sería un honor para mí," respondió, su voz ligeramente más baja de lo habitual, como si estuviera compartiendo un secreto solo para ella. En ese intercambio, algo intangible pero poderoso se consolidó entre ellos, un lazo que se extendía más allá de las palabras, más allá del momento.

Al momento de partir, sus ojos se encontraron una vez más, compartiendo un instante silencioso en el que las palabras no dichas resonaron con fuerza en sus corazones. Con una última mirada cargada de significado y un suave adiós, ambos se retiraron a sus respectivos mundos. Cada uno llevaba consigo las emociones del encuentro y la promesa silenciosa de un futuro que, aunque incierto, estaba lleno de posibilidades.

***

La doctora Laura Sandoval es una mujer de una elegancia y gracia inigualables, cuya vida ha sido una mezcla de dedicación familiar y compromiso con causas benéficas. Heredera de una vasta fortuna legada por su abuelo, un magnate petrolero, Laura ha sabido equilibrar la responsabilidad de su riqueza con una profunda compasión y empatía hacia los demás.

Laura se casó con el Dr. Pablo Sandoval, un hombre de notable atractivo y ambición. Aunque Pablo fue el fundador de su compañía y trabajó en sociedad con otros médicos, fue el capital inicial proporcionado por Laura lo que ayudó a cimentar las bases de su éxito empresarial.

Sin embargo, a diferencia de su esposo, Laura no se inclinó por involucrarse directamente en los negocios, eligiendo en su lugar centrarse en su familia y en las obras de caridad.

Madre de dos hijas, Valeria y Gabriela, Laura ha sido una fuente constante de apoyo y guía para ambas. Valeria, la mayor, siempre ha mostrado una fortaleza y determinación en su carácter, rasgos que reflejan la influencia de su padre, mientras que Gabriela, con su espíritu libre, ha aportado su propia chispa única a la dinámica familiar. Laura se ha dedicado incansablemente a asegurarse de que sus hijas crezcan en un entorno lleno de amor, comprensión y oportunidades, fomentando su desarrollo individual y sus caminos únicos en la vida.

Además de su familia, Laura ha dedicado gran parte de su tiempo y recursos a obras benéficas. Con un gran corazón y un deseo genuino de marcar la diferencia, Laura ha estado involucrada en numerosas iniciativas y proyectos caritativos. Su trabajo en este campo no solo ha tenido un impacto significativo en las vidas de muchas personas, sino que también ha sido una fuente de inspiración y admiración para quienes la conocen.

***

La familia de Adrián, a diferencia de la opulenta familia de Valeria, vivía en un ambiente de humildad y simplicidad. Lejos de los lujos y el estatus que definían la vida de los Sandoval, los García eran una representación de esfuerzo y perseverancia en medio de limitaciones económicas.

La casa de Adrián, aunque modesta, estaba llena de calidez y amor. Cada objeto, aunque no fuera caro ni ostentoso, tenía su historia y su lugar en el corazón de la familia. Sus padres, gente trabajadora y de principios firmes, no pudieron brindar a sus hijos una educación en prestigiosas escuelas o universidades, pero les enseñaron valores invaluables: la importancia del trabajo duro, la integridad, y el aprecio por las pequeñas alegrías de la vida.

Adrián, a pesar de no haber tenido las oportunidades educativas de sus contemporáneos más acomodados, había desarrollado un talento excepcional para la música. Su pasión y habilidad natural lo llevaron a convertirse en profesor de música en una escuela privada local, donde impartía sus conocimientos con una mezcla de rigor y cariño. Su vida era sencilla, pero rica en aspectos que el dinero no podía comprar: el amor por su arte, el respeto de sus alumnos y el apoyo incondicional de su familia.

La vida en casa de los García era un constante recordatorio de que la riqueza no siempre se mide en términos monetarios. Las risas compartidas, las comidas humildes pero preparadas con amor, y las reuniones familiares, donde la música de Adrián a menudo se convertía en el centro de atención, eran tesoros que no tenían precio.

Mientras la familia de Valeria representaba el éxito material y la prominencia social, la familia de Adrián simbolizaba la riqueza del espíritu y la fortaleza del carácter. Dos mundos distintos, cada uno con sus propias formas de riqueza y felicidad.

CAPÍTULO 2: CAMINOS ENTRELAZADOS

Movida por un deseo casi irresistible, Valeria buscó la manera de volver a encontrarse con Adrián. Las restricciones de la convención social y las expectativas familiares parecían disminuir en importancia ante la posibilidad de verlo nuevamente. Se encontró recurriendo a su madre para localizar a Adrián, quien, gracias a una amistad cercana, había sido invitado a participar en la función benéfica la noche anterior.

El aire fresco de la mañana llenaba el elegante patio donde Valeria y su familia disfrutaban de su desayuno. Entre la flora vibrante y los suntuosos detalles que embellecían el espacio, la atmósfera se sentía casi mágica. La luz del sol se filtraba a través de las hojas de los árboles, creando patrones de sombra y luz sobre los delicados manteles y la fina porcelana que adornaba la mesa.

Un oasis de calma y belleza, el área estaba adornada con exuberantes plantas y flores vibrantes que se mecían suavemente con la brisa. La decoración era refinada y exquisita, cada detalle reflejando el estatus y el gusto sofisticado de la familia. La mesa estaba servida con una variedad de delicias matutinas, cada platillo presentado con una atención meticulosa al detalle.

"Mamá, ¿podrías pasarme la mermelada, por favor?" pidió Gabriela, la hermana menor de Valeria, su voz apenas más alta que un susurro. Sus ojos, algo vidriosos, vagaban por la mesa abundantemente decorada con una variedad de desayunos exquisitos. Sus dedos tamborileaban nerviosamente sobre la mesa mientras esperaba que la mermelada fuera colocada delante de ella.

El sol brillaba suavemente sobre ellas, iluminando el área de desayuno exterior de la lujosa mansión. La belleza del jardín floreciente y el suave murmullo de la fuente cercana parecían estar en contraste con la atmósfera algo tensa que se había instalado alrededor de la mesa.

A diferencia de Valeria, que parecía coleccionar cada rayo de sol, cada detalle de su entorno, Gabriela parecía sumergida en una nube personal, una especie de niebla interna. No había estudiado ni trabajado, la adicción había tomado esas partes de su vida, llevándola por caminos de sombra y desesperación. Aunque actualmente estaba bajo tratamiento, la lucha era una constante compañera en su día a día, su presencia un recordatorio silencioso pero implacable.

Las sombras de su lucha se reflejaban en su postura, menos firme y más resignada en comparación con la de Valeria, y en la forma en que interactuaba con las cosas y las personas a su alrededor. Aunque estaba físicamente presente, una parte de ella parecía estar constantemente en otro lugar, perdida en las turbulencias de su propia mente y las batallas que estaba luchando. La preocupación por Gabriela era una compañera constante en los corazones de su familia, una preocupación que se manifestaba en miradas de cuidado y palabras suavemente pronunciadas, intentando llevar luz a las sombras de su experiencia.

“Por supuesto, querida”, respondió Laura, alcanzando la mermelada y pasándola con una sonrisa cálida pero preocupada. Su atención dividida entre sus dos hijas, estaba consciente de las luchas individuales que cada una enfrentaba, llevando la carga de mantener la armonía en la familia con gracia.

"Mamá, ¿sabes cómo podría contactar a Adrián, el

pianista de la otra noche?", preguntó Valeria, intentando mantener un tono casual. Sus dedos jugueteaban nerviosamente con la tela del mantel, traicionando la calma que intentaba proyectar.

"Creo que él da clases en una escuela local de música, querida", respondió Laura, enviando una mirada cargada de curiosidad y comprensión a su hija. "¿Por qué lo preguntas?"

"Sólo quería agradecerle personalmente por su contribución anoche. Su música fue realmente especial", Valeria respondió, eligiendo sus palabras cuidadosamente, tratando de ocultar la profundidad de su interés.

Gabriela, con una sonrisa juguetona, interrumpió, "Mierda, Valeria. No me engañas ¿Te gusta, verdad?" Su tono era ligero, pero sus ojos brillaron con una curiosidad intensa y genuina en ese momento.

Valeria soltó una risa suave, intentando desviar la conversación. "Gabriela, solo es una expresión de gratitud, nada más", dijo, pero el rubor en sus mejillas contaba una historia diferente.

"Promete que me contarás más si algo sucede", insistió Gabriela, su tono mezclaba la picardía con una nota de protección hacia su hermana.

"Lo haré, te lo prometo", Valeria asintió, levantándose de la mesa y besando la mejilla de su madre al pasar.

Laura sostuvo suavemente el brazo de Valeria, acercando sus labios a su oído. "Sé cautelosa, Valeria. Y asegúrate de que tu padre no se entere; se enojará. Sabes lo mucho que desea que te cases con Diego", dijo en un tono lleno de amor, pero también con una suave advertencia.

"Lo sé, tendré cuidado", respondió Valeria, sus palabras flotaron en el aire mientras se alejaba, llevándose consigo un torbellino de emociones.

El día comenzó a desplegarse lentamente, las horas marcadas por las sombras suaves que danzaban a través de los opulentos jardines de la mansión. Valeria, inmersa en sus pensamientos, caminaba por los corredores familiares de su hogar, una mansión que resonaba con ecos de riqueza y expectativas silenciosas. Su mente estaba enredada en los hilos de un futuro predestinado, un camino cuidadosamente pavimentado por su padre, Pablo.

Pablo, un hombre de substancia y firme determinación, había construido un imperio en la industria farmacéutica. Su vida estaba tejida en la tela de su empresa, cada hilo una conexión con su dedicación y ambición. Valeria era su heredera designada, educada y moldeada para ocupar su lugar, para llevar adelante su legado. Había sido enviada a una prestigiosa universidad, armada con una educación en administración de empresas, preparándola para la sucesión.

Los ojos de Pablo estaban llenos de visiones de un futuro donde Valeria estaría unida en matrimonio con alguien de una posición igualmente auspiciosa, un compañero que sería un aliado en la vida y los negocios. Su elección, Diego, representaba el tipo de unión que deseaba, un matrimonio que sería una fusión de fortalezas y riquezas.

La idea de Valeria eligiendo un camino diferente, eligiendo a alguien como Adrián, estaba más allá de su aceptación. Sería una desviación dolorosa de sus cuidadosamente construidos planes y expectativas, una elección que llevaría el desencanto y la desaprobación a su corazón. La relación entre Valeria y su padre estaba marcada por una mezcla de amor paternal y una presión subyacente, una corriente silenciosa de expectativas no dichas.

Valeria, consciente de la magnitud de las esperanzas depositadas sobre ella, sentía el peso de la elección, una elección que tenía el poder de cambiar el curso de su vida y las vidas de aquellos que la rodeaban. Cada paso que daba, cada palabra que pronunciaba, resonaba con las reverberaciones de este conocimiento, llevando consigo el eco de los deseos no cumplidos y las promesas de un futuro predestinado.

***

Con la información en mano, Valeria se encontró en la escuela donde Adrián enseñaba. El pasillo estaba lleno de los suaves murmullos de las notas musicales, pero todos los sonidos parecían desvanecerse cuando ella lo vio. Su presencia llenaba el espacio, haciendo que todo lo demás pareciera insignificante.

"Adrián", llamó Valeria suavemente, caminando hacia él con una gracia cautelosa.

Adrián se volteó, una sonrisa suave iluminó su rostro al verla. "Valeria, qué sorpresa verte aquí", dijo, su voz llevaba una melodía de bienvenida.

"Espero no estar interrumpiendo", comenzó Valeria, "pero quería agradecerte personalmente por tu participación anoche y también... me preguntaba si podrías acompañarme a almorzar".

Una sombra cruzó el rostro de Adrián, una pausa momentánea donde el mundo pareció contener el aliento. "Me encantaría", respondió finalmente, su voz decidida pero suave.

El almuerzo fue un tapiz de conversaciones, risas y miradas compartidas. Valeria se sintió envuelta en una calidez que nunca había experimentado antes, cada palabra, cada gesto de Adrián parecía resonar dentro de ella con una intensidad vibrante.

Los siguientes encuentros entre Valeria y Adrián comenzaron a florecer, cada momento compartido parecía tejer un hilo más en el tapiz de su conexión. Cenas bajo cielos estrellados, paseos llenos de risas y confidencias, cada instante parecía precioso, lleno de una magia especial.

Sin embargo, las sombras de las expectativas y las obligaciones también tejieron su camino en su historia. Valeria, consciente de las expectativas de su padre, mantuvo su relación con Adrián en un rincón secreto de su mundo. Los momentos robados estaban llenos de pasión y entendimiento, pero también de una tristeza suave, una conciencia de las complicaciones que los rodeaban.

Adrián, por otro lado, también llevaba el peso de las realidades no dichas. Su vida estaba tejida en los hilos de la simplicidad y el trabajo duro. Su hogar, compartido con su familia, resonaba con el calor del amor y la sencillez, pero también con las limitaciones de la vida cotidiana.

***

Rocío, una colega cercana de Adrián, parecía ser una presencia constante y sutil en el trasfondo de sus encuentros. Ella era una mujer apasionada y su corazón había encontrado un hogar en las melodías y las atenciones de Adrián. Su relación con él era como una canción sin terminar, llena de notas de esperanza, pero también de reticencias y acordes no resueltos.

Adrián, por su parte, mantenía una relación sin ataduras con Rocío. Salían juntos de vez en cuando, compartían risas, música y momentos, pero para él, no había promesas de un futuro compartido. Rocío, sin embargo, estaba perdidamente enamorada, sus sentimientos por él florecían con una intensidad silenciosa, alimentada por sueños de un amor pleno y comprometido.

Entre las conversaciones y los momentos compartidos, Valeria comenzó a percibir la delicada dinámica entre Adrián y Rocío. Observaba el peso de las palabras no dichas, las miradas furtivas y los silencios cargados de significado, que llenaban el aire con una tensión palpable. A pesar de esto, Valeria se encontró irresistiblemente atraída hacia Adrián, sumergiéndose en las aguas de una conexión que emergía con una dulzura cautivadora y un anhelo por descubrir lo que el futuro podría deparar para ellos.

El corazón de Valeria latía al compás de un mundo de posibilidades, optando por enfocarse en el vínculo creciente entre ellos, en las melodías de un romance que florecía con cada instante. Mientras tanto, las sombras de complicaciones silenciosas, personificadas en la presencia de Rocío, permanecían en un segundo plano, casi como espectadoras de esta danza de corazones y melodías que se entrelazaban sutilmente.

Los caminos de Valeria y Adrián comenzaron a entrelazarse de maneras más profundas, sus almas parecían encontrar una resonancia, una melodía compartida que hablaba de amor y pasión. Pero también había momentos de duda, de preguntas no formuladas, de miradas que llevaban sombras de inseguridad y miedo.

El rompimiento con Diego fue un capítulo complicado pero ineludible en la vida de Valeria. Las conversaciones que habían evitado cobraron vida con una honestidad cruda pero necesaria. En medio de un entendimiento maduro, Valeria y Diego se enfrentaron a la verdad sin adornos: su relación estaba marcada por el afecto genuino, pero no por el amor apasionado. Diego, herido en su orgullo pero con una dignidad intacta, aceptó la realidad con una nobleza que inspiraba aún más el respeto de Valeria. Se separaron con promesas de amistad y el reconocimiento silencioso de un futuro donde cada uno buscaría un amor que llenara por completo el corazón.

Valeria y Adrián se hallaron en un punto crucial de sus vidas, en una encrucijada donde el amor y la pasión colisionaban con la realidad y las expectativas. Era un terreno complejo, donde el deseo de estar juntos se entrelazaba con las complicaciones del mundo real.

En el fondo de su ser, Valeria sabía que enfrentaría un conflicto inevitable con su padre por Adrián. La idea de este enfrentamiento le causaba una mezcla de temor y determinación. Su padre, un hombre de convicciones firmes y a menudo inflexible, seguramente rechazaría la relación. El amor por Adrián era una luz brillante en su vida, pero también era un faro que la llevaba hacia aguas turbulentas en su relación con su familia.

Rocío también emergió de las sombras, su corazón llevaba el peso del amor no correspondido, sus ojos hablaban de sueños rotos y esperanzas desvanecidas. Adrián, atrapado en la tormenta de sus propias emociones, trató de navegar por los mares turbulentos con cuidado y compasión.

CAPÍTULO 3: COMPLICACIONES Y DECISIONES

El parque donde Valeria y Adrián se reunían en secreto era un santuario de belleza natural, un oasis en medio del bullicio urbano. A medida que el sol comenzaba a descender en el horizonte, sus últimos rayos dorados iluminaban los frondosos árboles que les ofrecían una sombra acogedora durante los días soleados y creaban un ambiente de tranquilidad y serenidad. En esos mágicos momentos el murmullo de las fuentes, con sus aguas cristalinas que reflejaban la luz del crepúsculo, se mezclaba armoniosamente con el cantar de las aves en el lago, cuyas aguas serenas y espejadas añadían un elemento de encanto y paz al entorno.

Valeria y Adrián paseaban de la mano por los senderos que serpenteaban a través de jardines que los invitaban a perderse en su belleza y a disfrutar de los momentos de intimidad y conexión en este rincón mágico.

"Valeria, te amo como nunca pensé que pudiera amar", confesó Adrián, su voz impregnada de emoción mientras el viento susurraba a su alrededor, como si la naturaleza misma compartiera su intensidad. "Pero no quisiera ser la causa de que tengas problemas con tu padre. Ya hemos hablado de lo complicado que esto puede ser para ti."

Valeria lo miró, sus ojos brillando con un abanico de emociones profundas. Una sonrisa triste se dibujó en sus labios mientras acariciaba el rostro de Adrián con una ternura que decía más que palabras. "Adrián, estoy contigo porque aquí es donde mi corazón encuentra paz y felicidad. No importa lo que hayamos discutido antes, no te preocupes por eso, yo me ocuparé de mi padre cuando sea necesario. Esto se trata de nosotros, de lo que sentimos el uno por el otro."

Valeria y Adrián se perdieron en el brillo del crepúsculo, compartiendo un momento de intimidad que solo ellos conocían. Habían aprendido a disfrutar de estos momentos, sabiendo que eran su refugio en medio de las tormentas que se avecinaban.

La presión de mantener la relación en secreto de su padre pesaba cada vez más sobre Valeria. Había estado mintiendo a su familia, inventando excusas para justificar su ausencia cuando estaba con Adrián. La tensión de llevar una doble vida la había mantenido despierta por las noches, preguntándose cuánto tiempo más podría mantener el engaño. Pablo ya había preguntado por Diego, extrañado por su ausencia.

Adrián también sentía el peso de la situación. A pesar de su amor inquebrantable por Valeria, sabía que estaban viviendo una historia que no podía durar para siempre. Las noches en vela, preocupándose por el futuro incierto de su relación, habían dejado huellas en su rostro.

Además, la presencia de Rocío añadía una capa adicional de complejidad. Ella había desarrollado sentimientos profundos hacia él y no podía evitar sentir celos cada vez que veía a Valeria y Adrián juntos, algo que no podía ocultar.

Una tarde, mientras Valeria y Adrián disfrutaban de su paseo por el parque, Rocío apareció inesperadamente, interrumpiendo su tranquila intimidad. Sus ojos, nublados por una tristeza apenas disimulada, captaron inmediatamente la atención de Valeria.

"¡Hola chicos!", exclamó Rocío, esbozando una sonrisa que no alcanzaba a ocultar completamente su malestar. Aunque trataba de parecer despreocupada, la tensión era palpable. "¿Qué hacen por aquí?" preguntó, aunque en el fondo ya conocía la respuesta.

Valeria y Adrián intercambiaron miradas nerviosas antes de responder. " Estábamos dando un paseo", respondió Valeria con una voz que sonaba un poco más aguda de lo habitual.

Rocío asintió, pero no pudo evitar mirar a Adrián con un destello de tristeza en sus ojos. La tensión se hizo más evidente mientras los tres caminaban juntos. Las miradas y palabras no dichas flotaban en el aire, creando un espacio de incomodidad y preguntas sin respuesta.

Caminaron por los senderos durante un rato, casi en silencio, con Rocío aparentemente perdida en sus pensamientos. Finalmente, Rocío se detuvo y miró a Valeria con una mirada sombría. "Valeria, necesito hablar contigo a solas."

Valeria asintió, preocupada por la expresión seria en el rostro de Rocío. "Está bien, Adrián, te alcanzaré más tarde."

Adrián asintió y se alejó de ellas, dándoles espacio para conversar. Rocío esperó hasta que él estuvo lo suficientemente lejos antes de hablar.

"Valeria, ya sé de tu relación con Adrián", comenzó Rocío, su voz ligeramente temblorosa. "Quiero que sepas que no estoy aquí para interponerme entre ustedes. Lo que siento por él... es mi problema."

"Rocío, te agradezco por entenderlo. Esto no ha sido fácil para ninguno de nosotros."

Rocío suspiró profundamente y luego le sonrió con tristeza a Valeria. "Valeria, lo que siento por Adrián es mi asunto personal, pero no quiero causarte problemas. Si él está feliz contigo, eso es lo que importa. Deseo que ambos encuentren la felicidad juntos."

Valeria sintió un alivio inmenso al escuchar las palabras de Rocío. "Gracias, Rocío. Aprecio mucho tu comprensión en este momento tan difícil."

Rocío asintió y luego se despidió de Valeria con un gesto amistoso. "Si alguna vez necesitas hablar o desahogarte, aquí estaré. Cuídate, Valeria."

***

A medida que los días pasaban, la relación entre Valeria y Adrián se volvía más intensa, pero también más compleja. Los momentos que compartían estaban llenos de un amor profundo, pero también estaban marcados por las sombras de lo que no podía ser dicho o compartido abiertamente. Sus conversaciones a menudo derivaban hacia el futuro, llenas de interrogantes y una sutil pero palpable ansiedad.

Una noche, mientras estaban acurrucados en el sofá de la sala en la casa de sus padres, Adrián rompió el silencio. "Valeria, ¿alguna vez te has preguntado si hay una forma de hacer que esto funcione sin tener que ocultarlo?"

Valeria lo miró con curiosidad, su cabeza descansando en el pecho de Adrián. "¿A qué te refieres?"

Adrián suspiró, pensando en voz alta. "Tal vez podríamos

hablar con tu padre juntos. Decirle la verdad sobre nosotros y explicarle cuánto nos amamos. Quizás si ve lo felices que somos juntos, podría aceptarlo."

Valeria se quedó en silencio por un momento, considerando la sugerencia de Adrián. Sabía que enfrentar a su padre con la verdad sería una tarea desafiante y arriesgada, pero también sabía que no podía mantener su relación en secreto por mucho mas tiempo.

"Podríamos intentarlo, pero no ahora, es algo que tengo que pensar muy bien. También cuándo y dónde", dijo finalmente Valeria, levantando la mirada para encontrarse con los ojos de Adrián. "Pero tenemos que estar preparados para las consecuencias, sean cuales sean. Dudo que te acepte, estoy segura de ello."

Adrián asintió, comprendiendo la magnitud del desafío que se avecinaba. A pesar de su amor por la música y su dedicación como maestro, sabía que no poseía la riqueza o el estatus que probablemente Pablo Sandoval esperaría para el compañero de su hija.

"Valeria, entiendo que enfrentarnos a tu padre no será sencillo. Como maestro, mi mundo es muy diferente al de él. No tengo riquezas ni un nombre prominente, pero lo que tengo es un amor profundo y sincero por ti", dijo Adrián, su voz temblorosa pero llena de honestidad. "Me preocupa no estar a la altura de lo que él espera para ti."

Valeria miró a Adrián con una mezcla de cariño y resolución. "Adrián, no me importa lo que mi padre o el mundo esperen. Eres un hombre increíble, y lo que siento por ti va más allá de cualquier expectativa material.

***

El padre de Valeria, un hombre astuto y observador,

había empezado a notar una cierta irregularidad en la presencia de su hija en la empresa. Las ausencias frecuentes de Valeria, que antes eran inusuales, ahora se habían convertido en una constante que no podía ignorar. Intrigado y preocupado, decidió que era momento de abordar el tema directamente.

Un día, cuando Valeria entró en la oficina de su padre, él la miró con una mezcla de preocupación y curiosidad. "Valeria, hay algo que necesitamos discutir", comenzó, su voz revelaba una seriedad inusual. "He estado observando y he notado que tus visitas a la oficina se han vuelto menos frecuentes. Está claro que algo te está distrayendo o consumiendo tu tiempo. ¿Hay algo que deba saber?"

Valeria sintió un sudor frío recorrer su espalda mientras se esforzaba por encontrar una respuesta creíble. "He estado ocupada con algunos asuntos personales. No me he sentido bien últimamente y he tenido que ausentarme."

Pablo la miró con una ceja arqueada, claramente escéptico. "Valeria, eres una de las empleadas más dedicadas de la empresa, la asistenta del gerente. Un dia tomarás control de todo. No puedes permitirte tener problemas personales que afecten tu trabajo. Necesito que te enfoques y soluciones esto."

Valeria asintió, prometiendo mejorar su asistencia al trabajo. Sin embargo, sabía que no podía mantener esta excusa por mucho más tiempo. Su relación con Adrián se estaba volviendo insostenible, y la verdad estaba acechando en las sombras.

El padre de Valeria había notado su distante comportamiento y la falta de concentración en su trabajo durante las últimas semanas y decidió hablar con Diego para obtener más información sobre lo que estaba sucediendo.

"Diego, necesito preguntarte algo", comenzó el padre de Valeria en una reunión privada. "He notado que Valeria no está en su mejor estado últimamente y tú no nos has visitado por varios días. ¿Hay algo que no me dicen o sabes si hay algún problema en su vida personal que pueda estar afectándola?"

Diego, consciente de la situación y tratando de proteger a Valeria, eligió sus palabras cuidadosamente. "Valeria está pasando por un momento difícil en su vida personal. Hemos decidido ponerle fin a nuestra relación amorosa porque la realidad es que no nos amamos. No tiene sentido continuar. Lo siento, pero es lo mejor para los dos". Sus palabras pesaron en el corazón de Diego mientras miraba al padre de Valeria.

“Yo también lo siento, sabes que te quiero como a un hijo”, dijo Pablo con sinceridad, su mirada reflejando preocupación y apoyo.

“Lo sé. No sabes cuánto lo aprecio”, respondió Diego, con gratitud en su voz pero también con tristeza en los ojos.

“¿Crees que deba hablar con ella?”, preguntó Pablo, buscando alguna forma de ayudar.

“Bien sabes que esa no es la respuesta”, dijo Diego, suspirando profundamente. "Valeria necesita tiempo y espacio para procesar todo esto".

“Lo sé, lo sé, pero es que deseo ayudar”, admitió Pablo, sintiéndose impotente ante la situación.

“En mi opinión, lo mejor en este momento es que respetes

su privacidad. Estoy seguro de que lo discutirá contigo en el momento apropiado", sugirió Diego.

"¿Es posible que esté enamorada de otro?" preguntó Pablo, considerando todas las posibilidades. Valeria era una mujer hermosa y tenía muchos pretendientes.

"No lo creo", respondió Diego.

Pablo se sintió aliviado por la respuesta de Diego y lleno de esperanza por el futuro de su hija. Anhelaba que Valeria pusiera su carrera y bienestar en primer lugar, confiando en que, con el tiempo, aparecería un pretendiente digno de ella.

CAPÍTULO 4: COMPLICACIONES

Un convertible blanco se deslizaba por la sinuosa carretera que se perdía entre colinas y playas. El aire estaba saturado con la sal del mar y el aroma de la libertad. Valeria estaba en el asiento del conductor, Adrián a su lado, y Gabriela ocupando el asiento trasero. El viento soplaba con furia, jugando con sus cabellos, mezclándose con risas y la música que llenaba el aire.

Gabriela, inmersa en el momento, alzó los brazos hacia el cielo, dejándose llevar por la velocidad y la emoción del viaje. "¡Esto es vida!", gritó, permitiendo que el viento se llevase sus palabras, llenando el espacio con una sensación de euforia juvenil.

Llegaron a la playa donde el sol, magnánimo, regía el cielo, vertiendo su luz dorada en un océano brillante y complaciente. El ambiente estaba impregnado de una calidez vibrante, una sinfonía de azules y oros que danzaban al ritmo de las olas y el suave sutilizar del viento.

Valeria y Adrián, dos almas en un espacio compartido de ternura y descubrimiento, caminaban por la orilla, permitiendo que la arena fresca y húmeda acariciara sus pies desnudos con cada paso. Sus manos entrelazadas, una promesa silenciosa tejida en cada entrelazamiento de sus dedos.

A su alrededor, la vida brotaba en ricos despliegues de alegría y color. La estrecha calle que corría paralela a la playa era un tapiz viviente de momentos y memorias en construcción. Gente por todas partes, cada rostro una historia, cada risa un eco de felicidad que se mezclaba con el aire marino. Ciclistas y patinadores adornaban el camino, moviéndose con una energía alegre y despreocupada, un carnaval de movimientos y sonrisas.

Tiendecitas vibrantes y acogedoras se alineaban como joyas coloridas, cada una invitando a los visitantes a perderse en sus tesoros y travesías. Jóvenes en bicicletas, aventureros en cada pedal, exploraban el terreno, sumergidos en la libertad del día.

Gabriela, llevando consigo una luz de espontaneidad, se movía entre risas y coqueteos. Su energía era magnética, atrayendo a los jóvenes que cruzaban su camino, convirtiendo cada encuentro en un intercambio de palabras ligeras y sonrisas brillantes. Se detenía a conversar, permitiendo que la brisa del mar acompañara sus palabras, haciendo de cada conversación un recuerdo efímero pero brillante.

Cada elemento, cada persona, cada risa, cada ola, se entrelazaba en una hermosa coreografía de la vida, haciendo de aquel día una obra maestra de momentos, un mural viviente de experiencias y conexiones.

La tarde avanzó, llevándose consigo las horas, y el hambre comenzó a hacerse sentir. Decidieron buscar un restaurante cercano, un lugar donde el día pudiera despedirse entre sabores y risas.

El restaurante elegido estaba bañado en los tonos suaves del atardecer, y la sorpresa esperaba en sus sombras acogedoras. Pablo, el padre de Valeria, se encontraba allí, inmerso en una cena de negocios, el aire estaba cargado de conversaciones sobre inversiones y expansiones.

La sorpresa se dibujó en su rostro al ver a Valeria y Adrián, cuyos labios se acababan de separar de un beso tierno y significativo en la entrada al restaurante. Trató de ocultar su desconcierto bajo una sonrisa forzada al acercarse a ella. "Valeria, querida, qué sorpresa verte aquí", comentó, su voz revelando una mezcla de calidez y una pregunta no formulada.

Valeria, cuyo corazón latía aceleradamente, se separó ligeramente de Adrián, consciente del peso de la mirada de su padre. "Hola, papá. No esperaba encontrarte aquí", dijo, intentando sonar casual.

Adrián, percibiendo la tensión creciente, extendió su mano hacia Pablo con una sonrisa amable y genuina. "Soy Adrián García, es un placer conocerlo, señor Sandoval," se presentó con una voz tranquila y segura.

Pablo, sorprendido por el gesto inesperado, estrechó la mano de Adrián, aunque su mirada escrutadora no disminuyó. Observó al joven frente a él, intentando descifrar quién era y qué significaba para su hija. "Adrián García... ¿Debería conocer ese nombre?" preguntó, su voz revelando una mezcla de curiosidad y cautela.

Valeria, consciente de la situación delicada en la que se encontraban, intervino rápidamente. "Solo estamos cenando, papá. Adrián es un amigo, un amigo muy especial para mí", explicó, tratando de suavizar el tono de la conversación.

Pablo asintió lentamente, aún procesando la información. Aunque no mostraba abiertamente su desconcierto, su mente trabajaba a toda velocidad. "Entiendo. Es bueno que Valeria tenga amigos...

especiales," dijo, intentando sonar despreocupado pero con una nota de inquisición en su voz.

Adrián, manteniendo su compostura, se esforzaba por presentarse de la mejor manera posible ante el padre de Valeria.

Gabriela, que había estado observando la escena nerviosamente junto a Valeria y Adrián, se mordía el labio, temerosa de la reacción de su padre. Conocía bien el temperamento de Pablo y lo delicado de la situación. Acercándose a su padre con una sonrisa forzada, sugirió, "Papá, ¿por qué no invitas a Valeria y Adrián a cenar contigo".

Pablo, sorprendido por la intervención de Gabriela pero viendo una oportunidad para saber más sobre el hombre que acompañaba a su hija, asintió. "Sí, por supuesto.", dijo, señalando hacia un grupo de empresarios y políticos en una mesa grande. "Unámonos a ellos", añadió, indicando a Valeria y Adrián que los siguieran.

La cena fue un baile delicado de palabras y miradas. Pablo dirigió su atención hacia Adrián, sus preguntas llenas de una curiosidad que buscaba evaluar y juzgar. Adrián, sin embargo, respondió con sinceridad, desplegando su vida y pasiones ante el escrutinio de Pablo.

"¿A que te dedicas Adrián?"

"Soy un músico y también enseño en una academia", compartió Adrián, su tono respetuoso pero lleno de una confianza tranquila.

"Ah, un músico", repitió Pablo, su voz traicionaba una mezcla de sorpresa y desapruebo. "Deben ser tiempos interesantes para alguien en tu campo", continuó, tomando un sorbo de su vino mientras mantenía una mirada inquebrantable sobre Adrián.

"Lo son, señor", respondió Adrián con una sonrisa. "La música es una pasión, pero también un camino lleno de retos."

Pablo asintió levemente, su mente claramente calculando, evaluando las posibilidades y limitaciones de tal profesión. "Y dime, Adrián", preguntó con un tono más suave, casi casual. "¿Has considerado alguna vez una carrera más... estable?"

Adrián pausó por un momento, eligiendo sus palabras cuidadosamente. "He considerado varias posibilidades a lo largo de mi vida, pero siempre regreso a la música. Es donde encuentro mi verdadero yo y felicidad", explicó.

Valeria observaba la interacción, su corazón latía con fuerza dentro de su pecho. Podía sentir la desaprobación en las palabras no dichas de su padre, y una ansiedad sutil comenzó a crecer en ella.

"Valeria me ha hablado mucho sobre la empresa", interrumpió Adrián, cambiando cuidadosamente el tema. "Debe ser un trabajo impresionante liderar una organización tan exitosa."

Pablo sonrió, un destello de orgullo cruzó su rostro. "Sí, hemos trabajado duro para estar donde estamos. Y esperamos que Valeria tome las riendas algún día", dijo, dirigiendo una mirada significativa hacia su hija.

La conversación continuó, una danza cuidadosa de preguntas y respuestas, cada palabra, cada mirada, cargada de significados no dichos y expectativas silenciosas.

Al final de la cena, cuando los platos estaban vacíos

y las copas casi secas, Pablo se levantó de la mesa con una expresión rígida y formal. Su mirada se cruzó con la de Adrián, y en sus ojos brilló un destello de desaprobación y severidad que no necesitaba palabras para ser comprendido.

"Adrián", dijo Pablo con un tono firme y un deje de frialdad en su voz. "Me gustaría hablar contigo un momento". Guió a Adrián lejos de la mesa, lejos de las orejas curiosas, a un rincón más privado del restaurante.

Una vez solo, Pablo dejó caer el velo de cortesía, y su rostro se tornó duro como piedra. "Escucha", comenzó, "quiero que entiendas algo claramente. Valeria es mi hija, y tengo planes muy específicos para su futuro. Planes que, te aseguro, no te incluyen", declaró tajantemente, sus palabras cortaban el aire como cuchillos.

Adrián intentó mantener la compostura, a pesar de la hostilidad que emanaba de Pablo. "Señor, yo...", intentó hablar, pero Pablo lo interrumpió.

"No estoy aquí para negociar ni discutir", dijo Pablo, levantando una mano para acallar cualquier protesta. "No eres el tipo de hombre que tengo en mente para mi Valeria. No encajas en el mundo al que ella pertenece, y nunca lo harás", declaró con un final definitivo, cada palabra impregnada de una firme resolución.

Adrián sintió que las palabras lo golpeaban con una fuerza inusitada, dejándolo sin aliento. Tragó, luchando por encontrar las palabras adecuadas para responder, pero Pablo ya se estaba alejando, dejándolo atrás en un mar de dudas y desconcierto.

“Creo que debemos irnos”, murmuró Adrián a Valeria al regresar a la mesa, su voz apenas audible entre el murmullo del restaurante. Había una tensión palpable en el aire, y Valeria pudo percibir un atisbo de nerviosismo en sus ojos.

"¿Qué sucedió?", preguntó Valeria, su frente se arrugó en preocupación mientras buscaba respuestas en la mirada de Adrián.

"Hablaremos de esto más tarde, cuando lleguemos a casa", respondió Adrián, esquivando su mirada. Sus palabras eran como una cortina opaca, ocultando los detalles del intercambio que había tenido lugar lejos de la mesa.

Se levantaron, extendiendo sus buenos deseos y despedidas al resto de los comensales. Pero cuando llegaron a Pablo, las palabras parecieron quedar atrapadas en un espeso silencio. La furia en los ojos de Pablo era inconfundible, su rostro estaba tenso, controlándose apenas para no dejar escapar el tumulto de emociones que hervían en su interior.

Gabriela, por su parte, miraba la escena con una timidez marcada en sus ojos, en silencio, como si temiera provocar aún más la tormenta que parecía avecinarse. Se podía sentir la electricidad de la tensión en el aire, cargada y lista para descargar en cualquier momento.

"Ay carajo, ¡la que se va a formar!", exclamó Gabriela al salir del restaurante, su voz una mezcla de asombro y preocupación.

"No ahora, Gabriela. ¡Cállate!", respondió Valeria, su voz cargada de tensión y ansiedad. Sabía que las palabras de su hermana eran más que un simple comentario; eran una predicción de las complicaciones que se avecinaban.

El viaje de regreso a la ciudad estuvo marcado por un silencio pesado y reflexivo. Una sensación sombría y opresiva llenaba el aire, eclipsando el bullicio y la energía habitual del entorno nocturno.

Gabriela, sentada en la parte trasera del auto, observaba en silencio a Valeria y Adrián. Sentía una mezcla de tristeza y preocupación por su hermana, sabiendo bien el tipo de hombre que era su padre y las posibles consecuencias del encuentro de esa noche. Su mirada se desviaba entre la silueta de Valeria, pensativa y preocupada, y la de Adrián, quien parecía sumido en sus propios pensamientos, quizás evaluando las repercusiones de lo sucedido.

Al llegar a la casa de Adrián, Valeria se detuvo un momento frente a la puerta, mirando a su alrededor. A pesar de la tensión del momento, no pudo evitar sentir una conexión profunda con ese lugar, como si de alguna manera, reflejara la verdadera esencia de Adrián, una esencia que había llegado a amar profundamente.

Las paredes de su modesta residencia estaban adornadas con imágenes de momentos capturados: risas, miradas, recuerdos de conciertos y notaciones musicales que resonaban con la esencia de quién era Adrián. Cada detalle de la casa hablaba de su pasión por la música y su vida sencilla pero rica en experiencias.

En el suave resplandor de las luces tenues de la casa, Valeria y Adrián se encontraron envueltos en una burbuja de intimidad. Los muebles sencillos y los instrumentos musicales dispersos por la sala contaban historias de pasiones simples y una vida dedicada al arte.

Valeria miró a su alrededor, sintiendo la diferencia entre este espacio y su opulenta casa, pero también sintió una genuina sensación de hogar. Se sentaron juntos en un sofá gastado, las palabras flotaron entre ellos, cargadas de emociones. Mientras, Gabriela se entretenía curioseándolo todo y conversando con la madre de Adrián.

Adrián comenzó a compartir los detalles de su conversación con Pablo, sus palabras pintaron el aire con trazos de frustración y desencanto. "Él no ve más allá de la fortuna y las apariencias", dijo con un dejo de enojo en su voz. “Lo que pasó esta noche no debería dictar nuestro futuro", dijo Adrián, su voz era suave pero firme. "Mereces elegir tu propia vida, tu propio camino."

Valeria suspiró, una mezcla de conflicto y resolución en su voz. "Es complicado, Adrián. Mi padre tiene expectativas, planes para mí, y esto", dijo, su mirada vagando por el entorno modesto y luego encontrando los ojos de Adrián, "esto no es parte de esos planes."

Los ojos de Adrián se encontraron con los de ella, un silencio compartido que hablaba más que cualquier palabra. Era un entendimiento profundo, teñido de una tristeza palpable. "Yo... yo no necesito riquezas, Valeria. Solo te necesito a ti", dijo, su voz temblaba con una mezcla de pasión y vulnerabilidad.

"Adrián, hay tanto en juego…", Valeria murmuró, su voz temblorosa como una hoja en el viento. "No es solo acerca de lo que mi padre quiere o espera. Es sobre lo que podríamos perder, lo que todos podríamos perder si seguimos adelante con esto. Él desea que tome control de los negocios y estoy segura de que no lo aceptará si estoy contigo."

Adrián la miró, su confusión evidente en la arruga de su frente. "¿Estás pensando en terminar nuestra relación?"

"No, por supuesto que no", respondió Valeria rápidamente, su voz firme a pesar de la incertidumbre en su corazón. "Solo te estoy mostrando cómo son las cosas en mi familia."

Valeria y Adrián permanecieron en silencio, perdidos en sus propios pensamientos. Era un silencio cargado de lo no dicho, de decisiones pendientes y de un futuro incierto. Uno al lado del otro, pero con un abismo de realidades y posibilidades entre ellos.

Valeria se alejó discretamente, buscando un rincón tranquilo y apartado. Con el teléfono en la mano, respiró hondo antes de marcar el número de su madre. El mundo exterior pareció desvanecerse, dejándola suspendida en un espacio privado lleno de incertidumbre y trepidación.

"Mamá", comenzó, su voz apenas por encima de un susurro, como si temiera que las paredes mismas pudieran escuchar y juzgar sus palabras. Podía sentir la preocupación y el amor maternal al otro lado de la línea, envolviéndola en un abrazo etéreo.

El aire estaba cargado de emoción no dicha, palabras que bailaban en la punta de la lengua pero luchaban por encontrar salida. "Algo pasó... Pablo...", las palabras fluyeron, entretejiendo una tela de sentimientos, miedos y dudas.

“Ya sé, él me contó lo ocurrido”

La voz de su madre, Laura, era una mezcla de apoyo y preocupación, un pilar suave pero firme en medio de la tormenta. Sus palabras, impregnadas de una sabiduría forjada a través de los años y la experiencia, buscaban ofrecer una guía, un faro en la oscuridad de la indecisión.

Valeria se apoyó contra la pared fría, permitiendo que la solidez de su superficie le diera algo de fortaleza. "No estoy segura, mamá. No sé qué hacer", admitió, dejando que su vulnerabilidad fluyera a través de la línea telefónica, buscando consuelo en el único lugar donde sabía que siempre lo encontraría.

Las palabras de su madre se filtraron suavemente, intentando dar luz y claridad a los oscuros rincones de su dilema. Las emociones fluyeron libremente entre ellas, una corriente tumultuosa de amor, miedo y esperanza, mientras juntas navegaban por las aguas inciertas del momento.

“Mamá, ¿cómo está papá?", preguntó, su voz temblorosa pero cargada de una ansiedad palpable.

"Valeria, cariño", comenzó su madre con suavidad, eligiendo cada palabra con cuidado, "tu padre sigue muy enojado, tirando y rompiendo cosas por todas partes. Te está, esperando, necesita desahogarse."

Valeria, al escuchar las palabras de su madre sobre el estado de furia de su padre, sintió un nudo en el estómago. Cerró los ojos, absorbiendo la realidad de la tormenta que se avecinaba, una tempestad cargada de decepción y enfrentamiento que amenazaba con cambiar el curso de su vida para siempre.

Valeria apretó el teléfono contra su oído, como si intentara acercar más a su madre, buscando refugio en su calidez en medio del frío de la realidad. "¿Qué debo hacer, mamá? Siento que esto podría cambiarlo todo", sus palabras estaban cargadas de una vulnerabilidad cruda, revelando la profundidad de su angustia.

"Valeria, solo tú puedes tomar esta decisión", respondió

Laura, su voz era un manto de apoyo y comprensión. "Pero recuerda, las decisiones apresuradas a menudo llevan a caminos de los que no podemos regresar. Pesa tus opciones y escucha tu corazón."

Con un suspiro pesado, Valeria se apoyó contra la pared, sintiendo el peso de la situación presionando contra su pecho. "Gracias, mamá. Haré lo que creo que es lo correcto. Te amo."

"Y yo a ti, cariño", respondió Laura, sus palabras transportaban un amor inquebrantable, una promesa silenciosa de estar allí, sin importar las consecuencias de la tempestad que se avecinaba.

“Nos vamos a quedar aquí esta noche, creo que es lo mejor”, dijo Valeria a su madre antes de colgar.

“Pienso que sí, hablamos mañana.”

Valeria regresó al lado de Adrián, quien la recibió con una mirada llena de preocupación. Se acurrucaron en el sofá, permitiendo que el silencio hablara, mientras el mundo fuera de la ventana seguía su curso, ajeno a la tormenta que se gestaba dentro de sus corazones.

"Vamos a pasar la noche aquí, Adrián", dijo Valeria finalmente, sus palabras eran un suave murmullo que parecía llenar la habitación. "No estoy lista para enfrentar a mi padre, no esta noche.”

CAPITULO 5: CORAZONES EN CONFLICTO

Laura se encontraba sentada en el borde de la cama cuando el teléfono sonó, llenando la habitación con su tono urgente. Con manos temblorosas, respondió, sabiendo quién sería. "Hola, Pablo", dijo, intentando mantener su voz lo más calma y neutral posible.

"¿Dónde está Valeria?", preguntó Pablo al otro lado de la línea, su voz era un volcán a punto de estallar. La pregunta fue disparada como una bala, cargada de acusaciones y furia contenida.

"Está aquí, acaba de llegar y está desayunando", respondió Laura, sintiendo un nudo en el estómago. Podía sentir la furia de Pablo a través del teléfono, y se preparó para la erupción que estaba por venir.

"Estoy en camino. Voy para allá ahora", dijo Pablo, su voz reverberaba con una promesa de confrontación.

"Pablo, ¿no crees que deberías darle un poco de tiempo? Los jóvenes son así, tal vez mañana encuentre a alguien más", intentó Laura, su voz suave pero firme, tratando de inyectar algo de razón en la conversación.

"¡No me digas lo que tengo que hacer!", estalló Pablo. "¡Ha sido una humillación, una absoluta vergüenza! Mi propia hija, comportándose de esa manera en público, con un... un músico sin futuro, una basura. ¿Qué van a pensar mis socios e inversores?"

Laura tomó un profundo aliento, buscando las palabras correctas. '¿No es más importante la felicidad de Valeria? Deberías considerar lo que ella realmente quiere, lo que la hace feliz.'"

"No empieces con eso", gruñó Pablo, y terminó la llamada, dejando a Laura sosteniendo el teléfono, sintiéndose impotente y preocupada.

Valeria estaba sentada en la mesa de desayuno, revolviendo distraídamente su café, perdida en un torbellino de pensamientos y emociones. Gabriela estaba a su lado, una presencia silenciosa pero solidaria. La atmósfera estaba cargada de tensión, cada una sumergida en sus propios pensamientos, cuando Laura se aproximó suavemente. Sus pasos eran cautelosos, sus ojos llenos de una preocupación palpable que lanzaba sombras de ansiedad en la habitación iluminada por el sol de la mañana.

"Valeria, cariño", comenzó Laura, su voz suave como una caricia pero teñida de una vibración inquieta. "Tu padre viene para acá. Está... está muy molesto." Las últimas palabras flotaron en el aire, colgando como una nube oscura que amenazaba con desatar una tormenta.

Los ojos de Valeria se levantaron lentamente, encontrándose con los de su madre. En su mirada, un mar de emociones revueltas: desafío, miedo, determinación. "Estoy preparada, mamá", dijo, su voz llena de una firmeza que buscaba ser convincente. "No tengo que pedir disculpas por amar a Adrián."

Gabriela, hasta entonces una observadora silenciosa en la conversación, intervino suavemente, su voz tejiendo un hilo de calma en el denso aire de tensión. "Val, quizás deberías considerar hablar con él calmadamente. Intenta, al menos, hacerle entender cómo te sientes."

Valeria miró a su hermana, sus ojos reflejaban una mezcla de gratitud y preocupación. "Trataré, pero no me voy a dejar empujar por él. Ya estoy cansada de eso", respondió con firmeza. En su voz resonaba un reconocimiento de las dificultades que se avecinaban, pero también se percibía un atisbo de su determinación y coraje, reflejando que Valeria era fuerte de carácter como su padre. Con una respiración profunda, como si estuviera acumulando fuerzas para lo que vendría, se concentró en terminar su desayuno, permitiéndose unos momentos más de tranquilidad antes de enfrentar la tempestad que se avecinaba.

El desayuno continuó en un silencio reflexivo, cada una de ellas perdida en sus pensamientos. Valeria repasaba mentalmente lo que diría a su padre, mientras Gabriela la observaba con preocupación, consciente de la complejidad de la situación y el desafío que representaba para Valeria.

Poco más tarde, la puerta se abrió con una ráfaga, anunciando la llegada de Pablo. El aire se llenó de tensión, las palabras no dichas colgaban pesadamente en la habitación, cada mirada, cada gesto estaba cargado de significado no expresado y temores no verbalizados.

Valeria levantó la vista al escuchar la entrada de su padre, sus ojos se encontraron, y por un momento, el mundo pareció detenerse. Podía ver la tormenta en los ojos de su padre, la furia, la decepción, la desaprobación. Y en ese silencio, en esa pausa, las líneas de la batalla estaban claras, y el aire vibraba con la inminencia de la confrontación.

Valeria estaba de pie frente a su padre, los ojos de ambos chispeaban con una firmeza inquebrantable, dos fuerzas de la naturaleza enfrentándose en un duelo de voluntades y emociones. La sala se había transformado en un campo de batalla, y las palabras, afiladas como cuchillos, volaban con una violencia que cortaba el aire tenso.

"¡Me has decepcionado con esa mierda que has encontrado!" Pablo escupió las palabras, cada sílaba impregnada de desprecio y acusación, refiriéndose a Adrián como si fuera un objeto sin valor. "¡Esperaba más de ti!" El sarcasmo en su voz era una navaja afilada, una herramienta utilizada con la intención de herir y despreciar.

Valeria, aunque afectada, se mantuvo firme, su voz resonó con determinación. "No quisiera que te expresaras así de Adrián. Es el hombre que amo."

"¿El hombre que amas?" Pablo replicó, su tono saturado de sarcasmo y crítica, despreciando cada palabra. "No he trabajado toda mi vida para dejarle lo que tengo a una basura como esa. ¡Tienes que dejarlo y buscarte algo mejor!"

"Eso no va a suceder," interrumpió Valeria con firmeza, "lo amo y él también me ama. Adrián es un gran pianista con un futuro brillante. Tu dinero no nos interesa."

Pablo bufó, su rostro rojo por la ira, sus palabras brotaron como veneno. "¡Lo que dices me importa tres pepinos! Hablas así porque estás ciega. ¡Tienes que dejarlo, me oyes! ¡Tienes que dejarlo!"

Viendo la tormenta que se cernía sobre su hermana, Gabriela intervino con voz suave pero cargada de autoridad. "Papá, no deberías hablarle de esa manera, ella debe decidir qué hacer con su vida."

Girando abruptamente, Pablo lanzó una mirada furiosa hacia Gabriela. "¡Cállate la boca! Tú también me has decepcionado una y otra vez." Las palabras eran granadas explotando, y Gabriela, golpeada, se cubrió el rostro con las manos, rompiendo en sollozos.

Laura, en un intento de apaciguar la situación, intervino. "Pablo, no deberías hablar así a tus hijas."

"¡Carajo, no te metas!" le espetó Pablo, la voz estruendosa como un trueno, haciendo temblar la atmósfera ya cargada.

Dirigiéndose una vez más hacia Valeria, con un tono que era un ultimátum brutal, preguntó: "Dime, ¿qué vas a hacer?"

Valeria, con los ojos brillantes pero inquebrantables, respondió: "Lo amo, y ni tú ni nadie lo va a impedir."

El rostro de Pablo se contorsionó, su voz se volvió más amenazadora. "Si esa es tu respuesta, no recibirás un centavo de mí, tampoco tu hermana. Estás despedida. No quiero verte más."

Valeria, ahora en llamas con su propia ira, le escupió las palabras: "¡Vete al carajo! Me largo de este puto lugar." Girándose, marchó hacia el garaje, cada paso una afirmación de su decisión.

"¡Espera, Valeria, no hagas eso!" Laura gritó, pero su voz se perdió en el aire tempestuoso.

Valeria se alejó, dejando detrás de ella el campo de batalla y a un padre devastado por su propia furia. Pablo se quedó mirando la dirección en la que Valeria había desaparecido, un torbellino de arrepentimiento y desesperación empezó a nublar su ira, pero eligió permanecer en silencio, tragándose sus palabras y su dolor.

CAPITULO 6: UN NUEVO COMIENZO

Valeria se alejó de su casa como una tempestad, el auto era una extensión de su tumulto interior. Cada suspiro que tomaba estaba cargado de ira y dolor, y mientras manejaba, su mente estaba envuelta en una nube de desesperación y confusión. El mundo exterior se desvanecía mientras ella luchaba con sus propios demonios internos.

Deteniéndose bajo la sombra acogedora de unos árboles, Valeria permitió que sus lágrimas fluyeran libremente, cada lágrima llevando consigo parte de su dolor. En ese momento, todo su ser estaba consumido por la emoción, y el mundo parecía desdibujarse a su alrededor.

Minutos después, su teléfono comenzó a sonar insistentemente. Eran llamadas de su madre. La voz de Laura temblaba al otro lado de la línea cuando finalmente Valeria contestó. "Valeria, cariño, ¿estás bien? Tu papá está devastado por lo que pasó."

Valeria cerró los ojos por un momento, respirando profundamente antes de hablar, tratando de encontrar las palabras adecuadas. "Mamá, estoy bien, pero necesito tiempo para pensar", explicó con voz firme pero suave.

Su madre se sintió angustiada, deseando desesperadamente que Valeria regresara. "Por favor, cariño, regresa a casa"

Valeria, con la garganta apretada y las emociones aún enredadas dentro de ella, respondió con sinceridad. "No puedo volver mamá", dijo con calma. "Pero te prometo que llamaré esta noche"

"Está bien, hija. Esperaré por tu llamada", dijo Laura, conteniendo las lagrimas.

***

Valeria encontró el rumbo hacia la escuela de música finalmente. Al llegar, se cruzó con Rocío en uno de los pasillos, quien la miró con una curiosidad cautelosa. Un intercambio cortés de saludos, pero en los ojos de Rocío había un destello de inquisitividad, una conciencia de que algo profundo estaba sucediendo.

Adrián, al ver a Valeria entrar, sintió una ola de sorpresa y preocupación. Sus ojos se encontraron, y en la mirada de Valeria, vio reflejada una tormenta de emociones. "¿Qué pasó, Valeria?", preguntó, su voz teñida de una suave angustia.

Valeria intentó hablar, sus palabras apenas un susurro cargado de vulnerabilidad. "Necesito hablar contigo. Pero no aquí, en algún lugar más privado", dijo, sus ojos buscando los de él, buscando consuelo y comprensión.

Adrián asintió, su mente en un torbellino, buscando cómo ser el pilar que Valeria necesitaba en ese momento. Se acercó a Rocío, explicándole brevemente que necesitaba ausentarse por el resto del dia. Rocío, al escuchar, sintió una punzada de algo oscuro y satisfactorio en su interior, una percepción intuitiva de la tormenta que se cernía.

Valeria navegaba por las calles, perdida en una aplastante avalancha de emociones, cada giro y curva parecía un eco de su turbulento interior. El coche era su refugio momentáneo del mundo, pero el ambiente estaba cargado de tensión. Adrián, sentado a su lado, la miraba con preocupación.

Finalmente, se detuvieron en un lugar solitario, donde el mundo parecía estar en pausa, esperando escuchar su dolor. Las manos de Valeria temblaban levemente mientras intentaba recoger sus pensamientos dispersos por la tormenta que había enfrentado.

"Me fui de casa, no regresaré", las palabras salieron de Valeria como un susurro pesado, lleno de resignación y una decisión firme. Volteó hacia Adrián, sus ojos se encontraron, y una corriente silenciosa de entendimiento fluyó entre ellos.

"¿Qué ocurrió?", preguntó Adrián suavemente, una mezcla de preocupación y culpabilidad sombreaba sus palabras.

"Es una larga historia, y prefiero no hablar de ella ahora. Pero tuve una fuerte discusión con mi padre, y hemos cortado lazos", Valeria compartió, las palabras parecían pesarle mientras las pronunciaba.

"¿Fue por mí?", preguntó Adrián, su voz tenía un matiz de vulnerabilidad. Podía sentir el peso de la responsabilidad acechando en las sombras de su mente.

"En parte, sí. Pero más fue porque mi padre necesita entender que soy mi propia persona", dijo Valeria, sus palabras resueltas.

Luego, una risa ligera y amarga emergió de ella. "Me despidió del trabajo", añadió, como si todavía estuviera procesando la realidad de las palabras.

"Puedes quedarte conmigo", ofreció Adrián, su voz era un suave murmullo, pero las palabras estaban llenas de la promesa de apoyo y amor incondicional.

"Te lo agradezco, pero he hablado con una amiga que es agente de bienes raíces. Está buscándome un apartamento amueblado, prometió conseguírmelo hoy o mañana, estoy esperando su llamada" continuó Valeria, compartiendo su provisional plan. "Comenzaré a buscar un nuevo trabajo la próxima semana. Pero, por ahora, solo quiero algo de paz".

Los dos compartieron una mirada, una promesa silenciosa de apoyo incondicional y comprensión compartida. Las manos se entrelazaron, buscando y dando consuelo en ese simple toque.

"Te amo, Adrián. Te amo mucho", susurró Valeria. Sus palabras actuaron como un bálsamo, suaves, pero cargadas de una pasión indomable y un compromiso inquebrantable. En ese momento, compartieron un refugio en los brazos del otro.

"¿Y nosotros, qué vamos a hacer?", preguntó Adrián con una mirada llena de preocupación en sus ojos, mientras miraba a Valeria, quien parecía sumida en sus pensamientos.

Valeria suspiró, sintiendo la presión del momento. "No sé, no puedo pensar claramente en este momento", admitió con voz temblorosa.

Adrián, sintiendo la urgencia de la situación, trató de ofrecer una solución. "Podemos mudarnos juntos", propuso con determinación, mirando fijamente a Valeria, deseando que ella viera lo importante que era para él esta decisión.

Valeria levantó la vista y lo observó con cariño, pero su mirada seguía reflejando incertidumbre. "No ahora, tenemos que estar seguros de lo que hacemos", respondió con sinceridad. "Yo estoy seguro", agregó Adrián, con la esperanza de que su determinación pudiera aliviar las dudas de Valeria.

Valeria asintió lentamente, sintiendo una mezcla de emociones abrumándola. "Yo también, pero no estoy segura si este es el momento adecuado. Por favor, dame tiempo. Estoy pasando por una crisis muy dura."

Adrián asintió comprensivamente, sintiendo el peso de las emociones compartidas. "Comprendo", susurró con ternura. "Hablaremos de ello otro día."

Valeria sonrió débilmente, sus ojos brillando con gratitud. "Por eso te amo tanto, por ser como eres", le dijo con cariño, reconociendo el apoyo inquebrantable de Adrián en este momento tan difícil de sus vidas. Sus palabras resonaron con un amor profundo que trascendía cualquier desafío que pudieran enfrentar juntos.

En esos momentos, mientras Valeria y Adrián se encontraban inmersos en su conversación emocional, el teléfono de Valeria sonó con un tono inesperado. La agente de bienes raíces, quien también era una buena amiga de infancia de Valeria, apareció en la pantalla del teléfono. Valeria tomó el teléfono y lo contestó con una mezcla de sorpresa y curiosidad.

"¡Hola, Mariana!", saludó Valeria con una sonrisa forzada, tratando de ocultar sus emociones detrás de una fachada de normalidad. "¿Qué sucede?"

Mariana, la agente de bienes raíces, parecía ansiosa por compartir una noticia. "Valeria, ¡tengo noticias emocionantes! Finalmente encontré el apartamento que buscas, está en un barrio magnifico. La vecindad te va a encantar."

Valeria se sintió momentáneamente distraída por la noticia, pero su mente regresó rápidamente a los asuntos pendientes. "Eso suena genial, Mariana, pero... ¿está disponible de inmediato?"

Mariana se disculpó con sinceridad. "Lamentablemente, no estará disponible hasta mañana. Están haciendo algunas reparaciones finales en el lugar, pero puedo asegurarte que es una verdadera joya."

Valeria asintió y agradeció a Mariana por su esfuerzo. Sin embargo, Mariana, quien conocía a Valeria desde la infancia y podía percibir cuando algo no estaba bien, decidió ir un paso más allá. "Valeria, ¿estás segura de que estás bien? Puedo sentir que estás pasando por alguna dificultad. ¿Necesitas ayuda en algo?"

Valeria apreció la preocupación de Mariana, pero no estaba lista para compartir sus problemas en ese momento. "Gracias, Mariana, pero estoy bien. Solo estoy ocupada con algunas cosas en este momento."

Mariana asintió, respetando la decisión de Valeria. "Entiendo. Estoy aquí si necesitas hablar o si necesitas cualquier tipo de apoyo. No dudes en llamarme."

Valeria asintió con gratitud. "Gracias, Mariana. Aprecio mucho tu amistad y apoyo. Llamaré mañana para coordinar todo con el apartamento."

Después de una breve despedida, Valeria colgó el teléfono y volvió su atención a Adrián, sintiendo una mezcla de emociones por la oferta de Mariana y la complicada conversación que habían estado teniendo.

Valeria miró a Adrián con una expresión de urgencia

en su rostro. "¿Puedo pasar la noche en tu casa? Mi apartamento no estará disponible hasta mañana", preguntó con un deje de preocupación en su voz.

Adrián sonrió cálidamente, como si la respuesta fuera obvia. "Sabes que no me lo tienes que preguntar. Mamá se pondrá muy contenta de verte. Voy a llamarla para que te prepare tu comida preferida", respondió, alcanzando su teléfono para hacer la llamada.

Valeria parecía indecisa, una mezcla de gratitud y preocupación en sus ojos. "No lo hagas. No quiero ser molestia", murmuró.

Adrián sacudió la cabeza con una sonrisa comprensiva. "No digas disparates." Tomó el teléfono y marcó el número de su madre, transmitiéndole el mensaje.

Mientras esperaban, decidieron dar un paseo en un centro comercial cercano, tratando de distraerse de las preocupaciones que pesaban sobre ellos. Las luces brillantes y las tiendas llenas de gente les proporcionaron una breve pero necesaria distracción.

A medida que el sol comenzó a ponerse en el horizonte, regresaron a la casa de Adrián.

Cuando llegaron a la casa fueron recibidos por la calidez maternal de la madre de Adrián. Ella extendió sus brazos, envolviendo a Valeria en un abrazo cálido y afectuoso, y depositó un beso en su mejilla, una bienvenida llena de cariño y consuelo.

En un momento de tranquilidad, Adrián encontró la oportunidad de compartir con su madre los tumultuosos eventos que habían sucedido. La preocupación y la comprensión llenaron los ojos de la madre mientras escuchaba atentamente cada palabra, absorbiendo el peso de las emociones y conflictos que Valeria estaba enfrentando.

Con su corazón lleno de empatía, se acercó a Valeria, sus brazos la envolvieron de nuevo en un abrazo reconfortante. "Mi niña linda", susurró suavemente, "no te mortifiques. Verás como todo se arreglará; tengo fe de que así será". Con una sonrisa amable, intentó aligerar el ambiente, "Te he preparado una comida que te vas a chupar los dedos", dijo, tratando de traer una pequeña luz a la situación.

Valeria no pudo evitar soltar una risa suave, agradecida por el intento de animarla, y correspondió al abrazo con un sentimiento de gratitud y aprecio por el amor incondicional que estaba recibiendo.

El hermano menor de Adrián, Alfonsito, era una fuente inagotable de energía y alegría, iluminando la casa con su presencia vibrante. Vestido con una simple camiseta y pantalones cortos, y armado con una sonrisa contagiosa, se movía de un lado a otro, ocupando los espacios con su charla animada y risa fácil. Interactuaba con todos, aportando una dosis de liviandad y jovialidad al ambiente. Adrián y su hermano habían optado por quedarse en casa con sus padres, una decisión tomada desde el corazón para asegurarse de que sus padres no enfrentaran dificultades o necesidades, ofreciéndoles su constante apoyo y compañía.

El padre de Adrián, un pilar silencioso de fuerza, observaba todo desde una distancia, permitiendo que la escena se desarrollara ante sus ojos. Su presencia era tranquila pero perceptible, una figura tranquilizadora que sonreía ocasionalmente, eligiendo comunicarse más con sus ojos y sonrisas que con palabras.

La calidez de su hogar era un bálsamo para los corazones inquietos de Valeria y Adrián. Sabían que, aunque enfrentaban incertidumbres, tenían el apoyo inquebrantable de su familia.

Valeria tomó su teléfono después de cenar, su corazón latía con una mezcla de determinación y tristeza mientras marcaba el número de su madre. A través de la línea, la voz de Laura sonaba, mezclada con tonos de esperanza y preocupación.

"Mamá", comenzó Valeria, intentando mantener la compostura, "necesito que empaques mis ropas y me prestes dinero para pagar por mis cosas por un mes o dos, no tengo suficiente dinero en mi cuenta bancaria. Te lo devolveré tan pronto comience a trabajar. Mañana te diré a dónde llevar mis cosas". Sus palabras eran firmes, una decisión tomada, pero no exenta de la lucha interna que las acompañaba.

"Valeria, mi amor", la voz de su madre temblaba ligeramente, un velo de dolor cubría sus palabras. "¿Estás segura de esto? ¿No quieres reconsiderarlo y volver a casa?" suplicó, su voz impregnada de una desesperada necesidad de mantener a su hija cerca, de protegerla.

"No, mamá", respondió Valeria, sintiendo cómo cada palabra perforaba el corazón de su madre. Aun así, necesitaba mantenerse firme, defender su decisión, a pesar del tormento que causaba. "No quiero hablar de ello ahora", agregó, intentando suavizar la dureza de la situación con un tono más suave, buscando poner un paño frío sobre la angustiante situación.

Había un silencio pesado en el otro extremo de la línea, una pausa dolorosa, llena de palabras no dichas y lágrimas no vertidas. "Está bien, mi linda, mi ángel. Haré lo que me pides", dijo su madre finalmente, su voz cargada de resignación y un amor incondicional que estaba dispuesta a soportar incluso el más desgarrador de los despidos.

Se despidieron con corazones pesados y palabras llenas de amor y dolor dejando el espacio lleno de una resonancia silenciosa de su conversación, un eco de sus almas entrelazadas en un abrazo agridulce de despedida y continua conexión.

La noche se desplegó, y el ambiente se llenó con la melodiosa serenidad de las piezas musicales tocadas por Adrián. Las notas del piano flotaban en el aire, una expresión artística de calma y consuelo, un intento de aliviar los corazones pesados y las mentes atormentadas. Su música narraba una historia de dolor, esperanza y amor, hablando con una dulzura y una profundidad que las palabras no podían alcanzar. Termino la noche tocándole Sueño de Amor.

Después de compartir este hermoso interludio musical, Adrián y Valeria decidieron retirarse, buscando refugio en los brazos del otro, buscando compartir su calor y apoyo en la intimidad compartida de su espacio.

En la suavidad de la noche, se encontraron, conectándose más allá de las palabras, permitiéndose sentir y experimentar plenamente el torrente de emociones que fluían a través de ellos, encontrando consuelo en su cercanía compartida.

Temprano en la mañana, Valeria acompañó a Adrián a la escuela de música, su mente ocupada con otros asuntos. Estaba esperando ansiosamente la llamada de su amiga, la agente de bienes raíces, para firmar el contrato de su nuevo apartamento y tomar posesión de él. Valeria deseaba encarecidamente poder hacerlo hoy mismo.

Rocío los observa con una curiosidad no disimulada, aunque no pregunta qué sucede. Para ella es evidente que han pasado la noche juntos, y eso la hiere profundamente. "Desgraciada..." piensa, sorprendiéndose a sí misma por la intensidad del odio que siente hacia Valeria. Adrián, por su parte, evita mostrar demasiada intimidad en presencia de Rocío, consciente de lo complicado de la situación debido a que trabajan juntos.

A media mañana, Valeria recibe la esperada llamada de su amiga. Le confirma que todo está listo para firmar el contrato y recibir las llaves del apartamento. Con un corazón agradecido y lleno de emoción, Valeria se despide de Adrián, prometiéndole llamarlo más tarde para compartir la dirección de su nuevo hogar y entregarle una llave.

Valeria se marcha, dejando a Rocío observándola en silencio mientras se aleja. En los ojos de Rocío, el fuego del odio arde con intensidad creciente, consumiendo cualquier resto de amistad o buenos sentimientos que pudieran haber sobrevivido, mientras la figura de Valeria se desvanece en la distancia.

***

Bajo el intenso sol del mediodía, el nuevo apartamento de Valeria se llenaba de una luz vivaz y esperanzadora. Aunque los muebles eran sencillos, ofrecían una sensación de acogida, prometiendo a Valeria un nuevo comienzo y un refugio frente a las emociones y los recientes eventos en su vida.

Sintiéndose un poco más establecida y asentada, Valeria sacó su teléfono, eligiendo el número de su madre.

"Mamá", comenzó Valeria, su voz clara pero suave, "ya he visto el apartamento. Es bonito y está amueblado. ¿Puedes traer mis cosas aquí, por favor? Y, mamá, asegúrate de traer mi otra chequera también. Apenas me quedan cheques en la que tengo"

Un silencio momentáneo cruzó la línea, un espacio lleno de palabras no pronunciadas y cuidados no verbalizados. Podía escuchar la suave respiración de su madre, imaginarla asintiendo con su cabeza llena de amor incondicional y preocupación.

"Por supuesto, Valeria", respondió su madre, su voz impregnada de un calor maternal y una sutil tristeza. "Haré eso inmediatamente. Pero, mi niña, ¿estás segura de que esto es lo mejor?"

Valeria cerró los ojos, tomando una profunda inspiración. "Sí, mamá", aseguró suavemente. "Necesito esto. Nos vemos pronto."

Finalizando la llamada después de darle la dirección, Valeria se dejó envolver por el silencio del apartamento, permitiéndose sentir y absorber cada emoción, cada rayo de luz, y cada nueva posibilidad que este espacio le ofrecía.

***

Valeria había pasado los últimos días sumida en una búsqueda incansable de un trabajo que le interesara, navegando a través de un mar de oportunidades laborales. Cada noche, después de un día agotador, compartía sus esperanzas y desafíos con Adrián.

Una noche, mientras estaban acurrucados en el sofá de su acogedor apartamento, Valeria compartió sus pensamientos con él.

Adrián escuchaba atentamente a Valeria mientras las suaves melodías de una canción romántica llenaban el aire del apartamento.

"Adrián", comenzó Valeria, su voz era un delicado murmullo lleno de determinación y vulnerabilidad. Sus ojos se encontraron con los de él, buscando en su mirada el calor y el apoyo que tanto necesitaba. "He estado pensando... quizás debería buscar empleo en una industria diferente esta vez", sus palabras se tejían cuidadosamente, revelando su deseo de evitar más conflictos. "No quiero causar más tensiones, y sería lo mejor para evitar cualquier sospecha de compartir secretos industriales. A pesar de todo lo ocurrido, no quiero herir a mi padre más de lo necesario", explicó Valeria, su tono llevaba un suave eco de cuidado y respeto hacia la complicada relación con su padre.

Adrián asintió suavemente, su rostro mostraba una expresión de comprensión y apoyo. Cuidadosamente, tomó la mano de Valeria entre las suyas, entrelazando sus dedos con suavidad y afecto. "Creo que es la decisión correcta. Lo más importante es encontrar algo que te permita ser feliz y prosperar sin más conflictos y tensiones", respondió Adrián, sus palabras eran un bálsamo, ayudando a aliviar las preocupaciones y las inseguridades que pesaban en el corazón de Valeria.

Por otro lado, Gabriela se había mostrado particularmente encantada con el nuevo espacio de Valeria. Había una chispa traviesa en sus ojos al visitar el apartamento, y una sonrisa sugerente cruzó su rostro.

"Valeria, este lugar es increíble", comentó Gabriela, mirando a su alrededor con una expresión de encanto y oportunidad. "Quizás, tú sabes, pueda usarlo de vez en cuando para ciertos... encuentros especiales", sugirió con un tono juguetón.

Valeria sonrió, captando la implicación. "Está bien", dijo, "pero con medida. Y asegúrate de que sea alguien digno de este espacio", agregó, estableciendo su límite con una sonrisa cómplice.

Las luces del apartamento parecían brillar más brillantes esa noche, llenando cada rincón con una calidez y promesa de nuevos comienzos.

CAPITULO 7: SOMBRA DE DUDAS

Valeria se encontraba en una espaciosa sala de conferencias, rodeada de paredes adornadas con cuadros modernos y elegantes sillas de cuero. Frente a ella, varios ejecutivos de una prominente empresa la observaban con interés y expectación. Discutían los términos de un potencial empleo en la administración corporativa, y el ambiente estaba lleno de profesionalismo y posibilidades prometedoras.

Justo cuando la conversación alcanzaba un punto crucial, el teléfono de Valeria vibró insistentemente. Al ver el nombre de Gabriela en la pantalla, una sensación de preocupación invadió su pecho. Se disculpó cortésmente y salió de la sala para atender la llamada.

"Gabriela, ¿qué pasa?" preguntó Valeria, su voz teñida de una suave preocupación.

"Valeria, necesito tu ayuda", la voz de Gabriela sonaba temblorosa y desesperada, cargada de pánico. "He sido arrestada. Estaba con... con alguien, y estábamos vendiendo drogas", confesó, las palabras parecían escapar de sus labios con una mezcla de vergüenza y terror.

Valeria sintió cómo el aire se escapaba de sus pulmones, y un frío desconcierto se apoderó de ella. "Gabriela, ¿dónde estás ahora?" preguntó, intentando mantener la calma y recoger sus pensamientos.

"En la estación de policía. Por favor, Valeria, no se lo digas a mis padres. Necesito que vengas, por favor, ayúdame", las palabras de Gabriela eran súplicas desgarradoras, y su respiración era errática, marcada por el miedo.

Valeria tomó un profundo aliento, permitiéndose un momento para procesar la gravedad de la situación. "Está bien, Gabriela. Estaré ahí lo más pronto posible. Trata de mantener la calma", dijo con determinación.

Valeria regresó a la sala de conferencias, un manto de urgencia cubriendo su semblante. Los ejecutivos la miraron con expectativa mientras ella se disculpaba, su voz resonando con una gravedad inconfundible.

"Lamento profundamente tener que interrumpir nuestra conversación, pero me ha surgido una emergencia familiar que requiere mi atención inmediata", explicó Valeria, manteniendo una compostura de profesionalismo a pesar de la tormenta interna que la agitaba.

Los ejecutivos intercambiaron miradas de comprensión, asintiendo con simpatía ante su situación. "Por supuesto, Valeria. Comprendemos completamente. ¿Por qué no reprogramamos nuestra reunión para continuar discutiendo los términos mañana?" sugirió uno de ellos, ofreciendo una solución conciliatoria.

"Se los agradezco mucho. De nuevo, pido disculpas por la abrupta interrupción", respondió Valeria, agradecida por su flexibilidad y comprensión.

Con un apretón de manos y palabras de aliento, la reunión se disolvió, dejando a Valeria libre para atender la urgencia que la llamaba. Salió del edificio empresarial, su mente ya adelantándose a la estación de policía donde Gabriela, sumida en desesperación, la esperaba.

Valeria caminó por los fríos y desolados pasillos de

la estación de policía, una mezcla de determinación y tristeza marcaba su rostro. Al entrar en la sala, su mirada se encontró con la de Gabriela, quien lucía demacrada y vencida por las circunstancias, una sombra triste de lo que una vez fue.

"Gabriela", comenzó Valeria suavemente, intentando mantener la calma para ambas. "Cuéntame qué pasó, necesito saberlo todo para poder ayudarte".

Gabriela, los ojos llenos de lágrimas y desesperación, respondió con voz temblorosa. "Valeria, lo siento mucho. No sabes cuánto. Nos atraparon vendiendo lo poco que nos sobró, pero no somos traficantes, te lo juro. Solo necesitábamos algo de dinero".

Valeria asintió, apretando suavemente la mano de su hermana. "Tranquila, Gabi. Vamos a solucionar esto, no te dejaré aquí", dijo con firmeza y dulzura, intentando transmitirle algo de seguridad y consuelo.

"Pero por favor", Gabriela miró a Valeria con ojos suplicantes, "no le digas nada a papá. No quiero que se entere de esto".

"No te preocupes", aseguró Valeria. "Haré todo lo posible para mantener esto en secreto. Ahora, voy a buscar un abogado que nos ayude. Solo quédate tranquila y trata de relajarte un poco".

Asegurándose de actuar con rapidez, Valeria salió de la sala y buscó a un abogado de confianza, pero que no tuviera vínculos directos con su padre. Le explicó la situación, pidiéndole discreción y rapidez para manejar el caso de Gabriela.

El abogado, eficiente y comprensivo, se movilizó rápidamente, logrando que Gabriela fuera liberada ese mismo dia bajo fianza tras cumplir con los trámites necesarios.

Al salir, Gabriela, con la vista baja y la vulnerabilidad marcando cada rasgo, miró a Valeria. "¿Podrías ayudar también a mi amigo?", preguntó titubeante.

Valeria, después de una pausa y mirándola con compasión, se negó con suavidad. "Lo siento, Gabriela, pero solo puedo ocuparme de ti en este momento. Vamos a mi apartamento, para que descanses".

Laura, con las manos temblorosas y el corazón acelerado, tomó el teléfono al escucharlo sonar. Al ver el nombre de Valeria en la pantalla, un nudo se formó en su estómago. "Debe ser algo sobre Gabriela", pensó, una oleada de ansiedad inundando su pecho. Gabriela no había vuelto a casa la noche anterior y tampoco había llamado para decir dónde estaba.

"Valeria, hija, dime que todo está bien", dijo Laura con urgencia, intentando mantener la voz firme a pesar del miedo que la amenazaba.

"Mamá", la voz de Valeria era suave pero cargada de preocupación. "Gabriela va a quedarse conmigo por unos días. Necesita tiempo y espacio, y yo voy a cuidar de ella".

"¿Qué pasó, Valeria? Estoy muy preocupada, Gabriela no volvió anoche y no sabemos nada de ella", Laura dijo, las palabras saliendo apresuradas y bañadas en angustia.

"Mamá, Gabriela está pasándola realmente mal. Todo lo que papá dijo la ha afectado profundamente y ha recurrido de nuevo a las drogas", explicó Valeria, intentando mantener la calma y transmitir la seriedad de la situación.

Laura cerró los ojos por un momento, sintiendo cómo el mundo se tambaleaba bajo sus pies. "Oh Dios mío, ¿está bien? Necesito verla, Valeria", la voz de Laura era un susurro cargado de lágrimas y desesperación.

"Otro día mamá, te prometo que la cuidaré. Pero ahora, ella necesita algo de espacio para procesar todo esto. Le haré saber cuánto la amamos y que estamos aquí para apoyarla", Valeria intentó ofrecer alguna consolación a su madre, sabiendo cuán profundamente afectada estaba. “No se lo menciones a papá.”

"Está bien, hija. Pero por favor, mantenme informada, y si ella quiere hablar o necesita algo, estoy aquí", dijo Laura, intentando mantenerse fuerte, pero sintiendo un peso abrumador en su corazón.

Valeria regresó al día siguiente a la empresa, su mente llena de esperanzas y preocupaciones. Después de una profunda y prometedora discusión, le ofrecieron el trabajo con la codiciada posición de vicepresidente. Una ola de gratitud y emoción la invadió, pero también había una nube de preocupación que persistía en su mente: Gabriela.

Sabiendo que Gabriela estaba atravesando momentos oscuros, Valeria no quería dejarla sola. Por el momento, decidió dejarla en la compañía de Adrián en la academia de música durante el día. Gabriela encontró una especie de consuelo y distracción en la música y la presencia de Adrián, algo que parecía iluminar su espíritu, aunque fuera momentáneamente.

Adrián, por su parte, se convirtió en un pilar de apoyo, llevando a Gabriela a consultas médicas para asegurarse de que recibiera el tratamiento necesario y urgente que necesitaba para lidiar con sus problemas de adicción a las drogas.

Los días pasaron entre acordes musicales y momentos de ternura. Adrián y Valeria disfrutaron de la compañía de Gabriela, quien, a pesar de sus batallas internas, mostró todavía ser alegre y traviesa.

El día parecía transcurrir con normalidad cuando un inesperado viento de duda y sospecha comenzó a soplar. Gabriela, en un impulso, había regresado al auto de Adrián para recoger algo que había olvidado. Al salir, en un descuido, no cerró el auto con llave. Fue entonces cuando Rocío, con intenciones maliciosas y un deseo de sembrar discordia, decidió actuar. Aprovechando la oportunidad que le brindaba la puerta abierta del auto, roció el interior con un perfume de mujer, esperando que su sutil pero calculada maniobra creara conflictos entre Valeria y Adrián.

Al regresar al auto, Adrián notó un aroma diferente, un perfume que no reconocía. Sin embargo, decidió no darle importancia, atribuyéndolo a Gabriela. Pero Gabriela también lo notó y una semilla de sospecha comenzó a germinar en su mente.

Más tarde, en el apartamento de Valeria, no pudiendo contener su preocupación, Gabriela decidió compartir sus inquietudes con ella en privado mientras Adrián miraba un programa de televisión.

"Creo que Adrián te es infiel", soltó Gabriela, las palabras llenas de una mezcla de certeza y vacilación.

Valeria la miró, incredulidad pintada en su rostro. "¿Por qué dices eso?", preguntó, una sensación de frío comenzando a deslizarse por su espina dorsal.

"Hay un fuerte olor a perfume de mujer que no es tuyo en su auto", explicó Gabriela, su voz firme pero llena de preocupación.

Las palabras parecieron golpear a Valeria como una ola fría, dejándola temporalmente sin aliento. "¿Estás segura?", preguntó, necesitando una confirmación. Era lo último que esperaba de Adrián.

"Cien por cien. ¿Por qué no vas al auto y te cercioras? Adrián no te merece", insistió Gabriela, queriendo proteger a su hermana de cualquier dolor potencial.

Valeria, aunque bañada en un mar de dudas, sabía que no podía ignorar la situación. Se dirigió hacia Adrián, quien estaba ajeno a la tormenta que se estaba gestando.

"Adrián, ¿podemos ir a tu auto por un momento?", preguntó Valeria, intentando mantener la calma en su voz.

"¿Mi auto? Si algo se quedó, puedo traértelo", ofreció Adrián, desconcertado por la repentina solicitud.

"No, vamos los dos", insistió Valeria, sabiendo que necesitaba enfrentar esto cara a cara.

Valeria se detuvo junto al auto, un torbellino de emociones revoloteando en su pecho. Abrió la puerta y el aroma dulce y penetrante del perfume inundó el aire, confirmándole que lo que Gabriela había dicho era cierto.

"Adrián," dijo, su voz temblaba levemente, pero mantenía una firmeza que revelaba su determinación de encontrar la verdad, "¿por qué hay un olor a perfume de mujer en tu auto?"

Adrián, visiblemente confundido, frunció el ceño. "No lo sé, Valeria. No tengo explicación para esto," dijo con una voz teñida de nerviosismo. Su mirada se clavó en Valeria, tratando de leer su expresión de duda, mientras intentaba comprender la situación. "Esto... esto no tiene sentido. ¿Realmente crees que te estoy mintiendo?" preguntó, su corazón latiendo aceleradamente ante la posibilidad de un malentendido capaz de dañar la relación entre ellos.

Valeria sintió que su corazón se apretaba. La falta de una explicación parecía una traición en sí misma. "¿Me estás siendo infiel, Adrián?" preguntó directamente, su voz apenas más que un susurro pero cargada de acusación.

"No, Valeria. Te lo juro, no es así", Adrián respondió con vehemencia, sus ojos llenos de sinceridad, pero también tocados por la tristeza al ver la desconfianza en los ojos de Valeria.

Valeria, luchando contra las lágrimas y el deseo de creerle, sintió que una barrera invisible se había levantado entre ellos. "Necesito que te vayas, Adrián", dijo finalmente, "y que no regreses."

Las palabras colgaron en el aire, pesadas con el dolor de un posible adiós y la brutalidad de la desconfianza. Adrián, con el corazón apesadumbrado, asintió en silencio y se marchó, dejando atrás un espacio lleno de preguntas sin respuesta.

***

Adrián había pasado días en una tormenta de confusión y desesperación, reviviendo cada momento, buscando una explicación lógica a la acusación de Valeria. Cada llamada ignorada, cada mensaje sin respuesta, solo agravaba la agonía, aumentando la distancia y el malentendido entre ellos.

Una madrugada, mientras el mundo dormía en silencio,

una súbita realización iluminó su mente cansada. En un impulso, marcó el número de Valeria, esperando, rogando que esta vez ella respondiera.

El teléfono sonó, interrumpiendo el silencio de la noche, y Valeria, aunque irritada por la interrupción, contestó. "¿Cómo te atreves a despertarme a esta hora?" exclamó, su voz teñida de enojo.

"¡Sé lo que sucedió!" Adrián apresuró a decir, sus palabras cargadas de urgencia. "Alguien puso el perfume en el carro. Te lo puedo probar."

Valeria se quedó en silencio, su mente un torbellino de pensamientos y emociones. "¿Puedes?" respondió, su voz menos firme, permitiendo que un atisbo de esperanza entrara.

"Sí", dijo Adrián con certeza. "Gabriela fue la que te habló del perfume. Sé que fue ella. Pregúntale si olió algo esa mañana cuando fuimos a la escuela. Ella estuvo conmigo todo el tiempo, sabe que no fui a ningún otro lugar sin ella."

El corazón de Valeria latía con fuerza, enfrentada con una nueva perspectiva, una posibilidad de claridad en medio del caos. "Está bien", dijo finalmente, "lo haré."

Con una determinación renovada, Adrián continuó, "Voy a la escuela ahora mismo. Si tengo suerte, encontraré lo que busco y podré demostrar que esto ha sido una maldad para causar conflicto entre nosotros."

El teléfono se quedó en silencio, pero el aire estaba cargado con la promesa de respuestas, la esperanza de reconciliación y la posibilidad de desvelar la verdad detrás de la dolorosa traición que habían experimentado.

Valeria, aún en una mezcla de furia y esperanza, colgó el teléfono y fue directamente hacia la habitación donde Gabriela estaba durmiendo. Su corazón latía con fuerza, un torrente de emociones la atravesaba mientras se preparaba para confrontar la situación.

"Gabriela", dijo Valeria suavemente, intentando no dejar que su agitación coloreara su voz, "necesito preguntarte algo importante".

Gabriela, un poco desorientada por haber sido despertada, se sentó en la cama y frotó sus ojos. "¿Qué pasa?" preguntó, notando la seriedad en el rostro de Valeria.

"Adrián acaba de llamarme. Dijo que podrías confirmar que no había ningún olor a perfume en el auto esa mañana cuando fueron a la escuela. ¿Es eso cierto?" Valeria preguntó, sus ojos buscando sinceridad en la respuesta.

Gabriela pausó, intentando recordar. "Sí", respondió finalmente, "no había ningún olor extraño en el auto esa mañana. Estoy segura de ello".

Valeria asintió, su mente procesando la información, sintiendo una mezcla de gratitud y preocupación. "Gracias, Gabriela. Esto es muy importante", dijo suavemente, reconociendo el esfuerzo de su hermana para compartir lo que sabía y se acercó a ella, mostrando su afecto con un cálido beso en la frente. "Acuéstate", continuó, su voz suave pero firme, guiándola suavemente hacia el colchón. Con cuidado, la cubrió con la frazada, asegurándose de que estuviera cómoda y arropada.

El cuarto se llenó de un silencio cuidadoso, solo interrumpido por los suaves suspiros de Gabriela, quien, aunque inmersa en la turbulencia de sus propios problemas, había podido ser de ayuda. Valeria se quedó allí por un momento, asegurándose de que Gabriela estuviera asentada y comenzara a encontrar el reposo que necesitaba.

Mientras tanto, Adrián, movido por una mezcla de desesperación y claridad, llegó a la escuela. Su mente estaba enfocada, buscando alguna pista o evidencia que pudiera desvelar la verdad detrás de este doloroso misterio.

El teléfono sonó de nuevo poco más tarde, interrumpiendo los tumultuosos pensamientos de Valeria. Vio el nombre de Adrián en la pantalla y rápidamente respondió, una maraña de ansiedad y esperanza revoloteando en su estómago.

"Valeria, lo encontré en el escritorio de Rocío", dijo Adrián, su voz impregnada de una mezcla de triunfo y alivio. Había un cierto filo en sus palabras, una determinación feroz que no había estado presente antes. "Es el perfume. Ella lo puso en mi auto. No voy a dejar que esto pase desapercibido; la confrontaré tan pronto como llegue."

Un suspiro escapó involuntariamente de los labios de Valeria, una mezcla de alivio y resurgente tormenta de ira. Las piezas del rompecabezas finalmente comenzaban a encajar, revelando una imagen clara pero perturbadora.

"Gracias, Adrián", respondió Valeria, su voz temblaba ligeramente, tratando de mantener la compostura. "Por favor, llámame en cuanto hables con ella. Necesito saber qué pasa."

Valeria podía sentir la tensión a través de la línea

telefónica, una corriente eléctrica de anticipación y resolución. Este descubrimiento no solo había aclarado las sombras de duda, sino que también había encendido una nueva llama de indignación. Ahora, la verdad estaba a punto de ser revelada, y Valeria se encontraba en la vorágine de emociones, esperando ver cómo se desarrollaría todo.

Adrián esperó a Rocío en la entrada de la escuela de música, su rostro era un mural de furia contenida. Tenía la botella de perfume firmemente sujeta en su mano, una prueba incriminatoria de una traición inimaginable. Los primeros rayos del sol apenas comenzaban a bañar las calles, pero la tempestad ya se había desatado en el corazón de Adrián.

Tan pronto como Rocío llegó, sus ojos se encontraron con los de Adrián, y una ola de inquietud la invadió. "¿Adrián, qué sucede?" preguntó, notando la rigidez en su postura y la severidad en su mirada.

"¿Por qué, Rocío?" preguntó Adrián en un tono cortante, levantando la botella de perfume para que ella pudiera verla. "¿Por qué harías algo así?"

Rocío palideció, su rostro perdió todo color y sus ojos se agrandaron por la sorpresa y la realización. Intentó encontrar palabras, pero por un momento, todas parecían haber huido. Finalmente, con voz temblorosa, comenzó a hablar. "Lo hice porque te amo, Adrián," dijo, las palabras salieron como un susurro roto. "Pensé que Valeria te había robado de mí."

Adrián sacudió la cabeza, la incredulidad brillaba en sus ojos. "Nunca fuimos una pareja, Rocío," respondió, su voz estaba cargada de desilusión. "Y esto... esto es completamente inaceptable."

Un doloroso silencio cayó entre ellos, solo interrumpido por los suaves sonidos de la ciudad que despertaba. "¿Quieres que renuncie a mi trabajo?" preguntó Rocío finalmente, su voz apenas más que un hilo.

"Sí," dijo Adrián sin dudar, su tono firme y definitivo. "Creo que es lo mejor."

Los primeros estudiantes y otros miembros del personal comenzaron a llegar, llenando el aire con un zumbido de conversaciones y expectativas para el nuevo día. Rocío asintió con resignación, aceptando el peso de las consecuencias de sus acciones y renunció esa misma mañana.

CAPITULO 8: NUEVOS COMIENZOS

Los días que siguieron estuvieron marcados por una atmósfera de renovada armonía y alegría. Adrián y Valeria, reconciliados después de la tormenta, compartían momentos que brillaban con la luz del amor recuperado. Gabriela, a menudo los acompañaba, siendo testigo silencioso de la chispa brillante que volvía a unir los corazones de su hermana y Adrián.

Juntos, exploraban la calidez de las noches veraniegas, paseando por los vibrantes pasillos de los centros comerciales, compartiendo risas y confidencias en acogedoras cenas, o sumergiéndose en el mundo de fantasía de las películas. Gabriela sentía una alegría genuina al verlos tan enamorados y felices, pero en lo profundo de su corazón, una sombra suave de envidia se cernía. Anhelaba ese tipo de amor y felicidad para su propio futuro, una promesa de pasión y compañerismo que eclipsara las oscuras nubes de su pasado.

A pesar de los ecos dolorosos de las decisiones pasadas y el amigo que había dejado atrás en una celda fría y solitaria, Gabriela se armó de valor. Decidió alejarse de las sombras que amenazaban con oscurecer su camino, eligiendo la luz de nuevas posibilidades y esperanzas.

Decididos a despedir el verano con una nota brillante y dorada, los tres planearon un fin de semana en un crucero, permitiéndose ser llevados por las suaves olas hacia horizontes de serenidad y belleza. El crucero fue una odisea de momentos mágicos, navegando por aguas que reflejaban el vasto cielo, bordado por nubes delicadas y el esplendor dorado del sol.

La costa desfilaba a la vista con una magnificencia majestuosa, donde las verdes colinas besaban el azul profundo del océano y las puestas de sol eran espectáculos de belleza sin aliento, donde los cielos se incendiaban con tonos de naranja, rojo y púrpura, lanzando un hechizo romántico sobre el mundo. Aves marinas cruzaban el cielo, sus alas acariciando la libertad del vasto firmamento, y sus cantos llenaban el aire con melodías de la naturaleza salvaje y libre.

Adrián y Valeria, caminaban por la cubierta, manos entrelazadas, perdiéndose en la magnificencia de los momentos y en los ojos el uno del otro. Las suaves olas murmuraban canciones de amor eterno, y la brisa marina acariciaba sus rostros. llevando consigo la pasión del océano infinito.

Cada risa compartida, cada mirada intercambiada, y cada palabra susurrada entre Adrián y Valeria tejía la tela de recuerdos preciosos y promesas silenciosas de más momentos robados en el regazo del amor y la felicidad. Gabriela, aunque inmersa en la belleza del viaje, permitía que su mente vagara hacia sueños de un amor que aguardaba su encuentro en algún rincón futuro de su destino.

Días mas tarde, el sol comenzaba a caer en el horizonte cuando Laura, con un semblante lleno de determinación y ojos cansados, se detuvo frente a la casa de Valeria. Con un suspiro profundo tocó el timbre, venía por Gabriela.

La puerta se abrió revelando a Valeria, quien ofreció una sonrisa reconfortante y dejó pasar a Laura. Gabriela estaba sentada en el sofá, su postura era frágil, como una flor marchitándose. Al ver a su madre, Gabriela se puso de pie, los ojos llenos de una mezcla de esperanza y dolor.

Laura se acercó a Gabriela, extendiendo sus brazos, invitándola a un abrazo lleno de promesas silenciosas de apoyo y amor. Gabriela se refugió en los brazos de su madre, permitiéndose sentir, aunque sólo fuera por un momento, la seguridad y el cuidado maternal.

"Es hora de volver a casa, Gabriela", susurró Laura suavemente, "Papá nos está esperando." Su madre, Laura, había venido a buscarla, haciendo eco de la insistencia y el remordimiento de su padre.

Laura y Gabriela se montaron en el auto, cada una sumergida en sus propios pensamientos, llenas de aprehensión y esperanza. El motor ronroneó suavemente y comenzaron a desplazarse a través de las calles, dirigiéndose hacia su hogar. El viaje, usualmente rutinario y sin incidentes, esta vez estaba cargado de una emocionalidad palpable, un silencioso preludio de reconciliación y entendimiento.

Dentro del auto, una especie de silencio lleno de palabras no dichas flotaba entre ellas, interrumpido ocasionalmente por el suave murmullo de la radio o el ruido sutil de la ciudad que se desplazaba a su alrededor. Gabriela miraba por la ventana, observando cómo el mundo exterior se movía, una escena que de alguna manera se sentía simbólica de los cambios internos y las transiciones que estaba experimentando.

Mientras se acercaban a su casa, una nueva oportunidad

parecía abrirse paso entre los oscuros nubarrones de conflictos y malentendidos pasados, prometiendo la posibilidad de un horizonte más claro y un hogar lleno de entendimiento y amor.

La puerta de la casa se abrió lentamente, revelando el pasillo familiar que Gabriela había cruzado innumerables veces. Pero esta vez, todo parecía diferente; una pesada atmósfera de arrepentimiento y ansiedad flotaba en el aire. Gabriela dio un paso dentro, sintiendo una mezcla de vulnerabilidad y esperanza.

Gabriela caminó por el pasillo, su corazón latiendo con fuerza en su pecho. Al llegar a la sala, encontró a su padre esperándola. Su rostro estaba marcado por el cansancio y la preocupación, sus ojos reflejaban un mar de emociones no dichas. Pablo, su padre, la miró, y sus ojos se llenaron de lágrimas, anticipando el doloroso pero necesario encuentro.

Gabriela, sintiéndose pequeña y vulnerable, se acercó a él. "Me lastimaste, papá", dijo con una voz suave pero firme, sus ojos fijos en los de él. "Me dolió mucho lo que me dijiste. Me dolió mucho, papá". Gabriela finalmente cruzó la pequeña distancia que los separaba y cayó en los brazos de su padre, permitiéndose ser sostenida.

Pablo la abrazó fuertemente, sintiendo el frágil cuerpo de su hija temblar entre sus brazos. "Perdóname, hija. No volverá a suceder, te lo prometo", susurró, su voz temblorosa pero llena de determinación y amor.

"Quiero que me ayudes a curarme de esta maldita adicción, no lo puedo hacer sola, papá. Ayúdame", sollozó Gabriela, permitiendo que las paredes que había construido a su alrededor comenzaran a caer.

"Te prometo que te ayudaré y siempre estaré a tu lado", respondió Pablo, besándola en la frente y apretándola fuertemente contra él, prometiendo en silencio protegerla y guiarla.

***

Las sombras del otoño se habían extendido sobre el parque que Adrián y Valeria visitaban, tiñendo los árboles de ricos tonos de rojo y dorado, una paleta romántica y melancólica que engalanaba los caminos. Un suave y frío viento acariciaba sus rostros y jugaba con las hojas caídas, que crujían delicadamente bajo sus pies mientras paseaban. El mundo parecía haberse envuelto en una suave manta de nostalgias y promesas, donde cada paso resonaba con el eco suave de los recuerdos y la esperanza de futuros momentos cálidos.

Abrazados contra el frío, Valeria y Adrián caminaban de la mano, compartiendo el calor de su cercanía mientras la naturaleza a su alrededor bailaba en los últimos albores de su esplendor otoñal. Los árboles, aunque despojados de gran parte de su follaje, todavía sostenían algunas hojas que brillaban con los vivos colores del ocaso de una estación, representando una resistencia poética contra el inminente frío del invierno.

"Mamá quiere que vayas a un evento de caridad a fin de mes y toques el piano para los participantes", dijo Valeria, su voz suave y cálida contrastando con la frialdad del aire. "Papá no va, si eso te importa."

Adrián miró a Valeria, una sombra de incertidumbre cruzando su rostro. Sus ojos se encontraron, y por un momento, parecían comunicarse silenciosamente, compartiendo dudas no expresadas.

"¿Por qué no me llamó directamente? Nos llevamos bastante bien, a pesar de todo", dijo Adrián, su voz teñida de confusión. "A veces siento que ella también preferiría que estuvieras con un hombre adinerado."

Valeria apretó suavemente la mano de Adrián, buscando transmitirle seguridad y comprensión. "Ella no es así, Adrián. Quizás no la conoces tan bien. Tenía miedo de que rechazaras la oferta si te llamaba directamente", admitió Valeria, sus palabras salían suaves pero firmes, tratando de cerrar cualquier espacio para malentendidos.

"También nos ha invitado a cenar en casa durante el Día de Acción de Gracias", continuó Valeria, su tono ahora un poco más ligero, tratando de elevar el espíritu de la conversación. "Si prefieres no ir, lo entenderé, pero creo que podría ser una buena oportunidad."

Adrián asintió lentamente, procesando las palabras de Valeria, permitiéndose considerar la posibilidad y lo que podría significar para su relación y futuro juntos. "Vamos a ver", dijo finalmente, con una leve sonrisa. "No quisiera tener un enfrentamiento con tu padre. No estoy seguro de poder contenerme si me falta al respeto y me obliga a responderle."

Valeria sonrió, un destello de afecto y comprensión iluminando sus ojos. "Estoy segura de que no habrá problemas con él. Mamá se habrá encargado de eso", aseguró, intentando infundir confianza y tranquilidad en sus palabras.

Adrián asintió, una sonrisa ligera tocando sus labios. "Está bien, iré. Pero no te molestes si tengo que ponerlo en su lugar", advirtió con un tono suave pero firme.

Valeria respondió con una sonrisa más amplia,

permitiendo que la calidez de su compañía y el encanto del parque inundara el momento. Continuaron su paseo, dejando que el crujir de las hojas secas al pisarlas y la belleza efímera del otoño los acompañaran, tejiendo un tapiz de complicidad y ternura a su alrededor.

***

Los eventos benéficos se habían entrelazado intrínsecamente en el tapiz de la vida de Laura, sirviendo como un bálsamo suavizante ante la áspera realidad de un matrimonio desprovisto de satisfacción y cercanía. Cada sala elegante, cada encuentro adornado con sonrisas y aplausos, actuaba como un refugio momentáneo de un hogar donde la presencia de su esposo era casi tan esquiva como un eco en el viento, perdido en el vasto imperio de sus innumerables negocios.

Este evento en particular brillaba con una luz especial en el horizonte de sus compromisos. Un lujoso hotel, símbolo de elegancia y grandiosidad, serviría como escenario; y el objetivo, cerca de su corazón, se dedicaría a proporcionar ayuda a madres solteras y sus niños. Cada detalle, cada invitación, estaba imbuido de una promesa silenciosa de una noche de éxito sin precedentes y contribuciones generosas.

Los salones resonaron con las voces de dignatarios, políticos y artistas, todos ellos reunidos bajo el mismo noble propósito, pero también atraídos por la gracia con la que Laura orquestaba estos eventos. Su habilidad para tejer relaciones y crear momentos memorables había cultivado un jardín de admiración y respeto entre los asistentes.

Entre los rostros familiares, brillaba una esperanza

particular esta noche en los ojos de Laura. Un antiguo conocido y amigo, Erik Johansson, cuya batuta guiaba la orquesta sinfónica, estaba entre los invitados. Su presencia avivó las llamas de una esperanza silenciosa en el corazón de Laura: que las melodías que fluían de los dedos de Adrián en el piano capturaran la atención y el interés de este maestro de la música.

No había palabras previas, ningún adelanto de lo que Adrián podría ofrecer, solo una confianza tranquila y una esperanza brillando suavemente en el corazón de Laura. Lo deseaba, no solo por el arte y la pasión de Adrián, sino también como un precioso regalo tejido con hilos de oportunidad y reconocimiento para su hija.

La noche estaba envuelta en un aura de elegancia y sofisticación. La sala brillaba con luces delicadas que realzaban los rostros sonrientes de los asistentes, vestidos con sus mejores galas. Laura, una figura central de la noche, recibió a Erik y su joven y elegante esposa con abrazos efusivos, una bienvenida cálida y sincera. Su rostro brillaba con anticipación y esperanza, y sus palabras fluían con la gracia de una anfitriona experimentada.

"Erik, ¡qué maravilloso verte de nuevo! Y tú debes ser la encantadora esposa de la que he oído hablar", dijo Laura, dirigiendo una sonrisa cálida y acogedora hacia la joven pareja. La atmósfera estaba cargada de promesas y expectativas.

A corta distancia, Adrián y Valeria observaban la escena, inmersos en sus propios pensamientos. Laura, notándolos, hizo un gesto elegante invitándolos a unirse a la conversación. "Valeria, Adrián, por favor, vengan aquí", dijo con una sonrisa encantadora.

Las presentaciones se hicieron con una mezcla de formalidad y cariño. "Erik, permíteme presentarte a Adrián, el prometido de mi hija Valeria", dijo Laura, sus palabras fluyendo suavemente, dejando un rastro de sorpresa en los ojos de la joven pareja. Adrián y Valeria intercambiaron miradas silenciosas, un torbellino de preguntas no formuladas brillando en sus ojos.

Laura manejó la conversación con maestría, manteniendo el enfoque lejos de la música y centrado en una charla ligera pero significativa. Quería que la revelación de Adrián como pianista fuese una sorpresa, una joya a ser descubierta en el momento adecuado.

"Gracias por venir, Erik. Es siempre un placer tenerte entre nosotros", dijo Laura con gratitud genuina mientras la pequeña congregación empezaba a dispersarse, mezclándose con otros invitados y sumergiéndose en el rico collage de conversaciones y encuentros.

La música comenzó a llenar el aire, una melodía conmovedora que parecía elevarse y flotar a través de la sala, tocando corazones con su belleza y emoción. Erik, en medio de una conversación, sintió la música tirando de sus sentidos, guiándolo a través de la multitud hacia la fuente de la melodía encantadora.

Al acercarse al piano, una sonrisa iluminó su rostro al reconocer a Adrián. Admiró la astucia de Laura, pero también se sintió conmovido por la música que fluía de los dedos de Adrián. Erik permaneció allí, dejándose absorber por las notas que llenaban la sala, permitiendo que la música tocara las profundidades de su alma.

En ese momento, el lujoso entorno parecía desvanecerse, con la música floreciendo en el centro de todo y las luces brillando más suavemente, como en sintonía con la melodía. La atmósfera en la sala estaba impregnada de una armonía sublime mientras Erik, envuelto en el encanto de la melodía, escuchaba a Adrián.

"Joven, tocas extraordinariamente bien", comentó Erik al Adrián pausar, su voz reflejando genuino aprecio y sorpresa. "¿Has tocado profesionalmente antes?" Su interés parecía ir más allá de una mera cortesía, mostrando una curiosidad sincera por la trayectoria y el talento de Adrián.

Adrián, aún un poco absorto en el mundo que su música había creado, se volvió hacia él, sus ojos brillando con un reflejo de la pasión que había puesto en cada nota. "No, no profesionalmente", respondió, su voz tintineaba con humildad. "Soy maestro en una escuela de música."

Erik asintió, su sonrisa se ensanchó, y en sus ojos brilló una chispa de reconocimiento. Parecía estar contemplando una joya sin descubrir. "Qué sorpresa", dijo suavemente, casi para sí mismo. "Tanto talento... deberías estar tocando en los escenarios más grandiosos."

Adrián sintió una ola de emoción, una mezcla de asombro y gratitud. Erik continuó, "Tengo un concierto dentro de dos semanas. Sería un honor tenerte allí, podrías mostrarte al mundo, compartir tu don."

El corazón de Adrián latía con fuerza, una tormenta de entusiasmo y nerviosismo barría su ser. "Eso sería increíble", respondió, casi sin aliento, las palabras apenas logrando transmitir la magnitud de su gratitud y emoción.

Despidiéndose de Erik, tras intercambiar información y acordar reunirse para practicar con la orquesta y familiarizarse con todo, Adrián caminó a través de la sala. Cada paso resonaba con el eco de nuevas posibilidades, y una luz radiante parecía iluminar su camino hacia futuros prometedores. Buscó a Valeria con la mirada, sus ojos navegando por el espacio, buscando la familiar y reconfortante presencia de su compañera.

Al encontrarla, una chispa de conexión iluminó el espacio entre ellos. La tomó de la mano, transmitiendo una energía vibrante. Sus ojos, brillando con el reflejo de emocionantes noticias, se encontraron con los de Valeria, compartiendo silenciosamente ecos de triunfos y promesas de un mañana lleno de música y amor.

"Valeria", comenzó, su voz tejiendo tonos de entusiasmo y asombro, "no vas a creerlo. Erik me ha ofrecido tocar en un concierto, ¡en dos semanas! Es una oportunidad increíble." Las palabras fluían, llevando consigo las mareas de su emoción y los ecos de una noche que había cambiado todo.

La sala resonaba con ecos de conversaciones amigables y risas suaves, un ballet de voces que danzaban en el aire embriagador de la noche. Entre los destellos de elegancia y encanto, Erik encontró a Laura, su presencia un oasis de familiaridad y gracia. Su acercamiento fue marcado por una sonrisa entendida, una narrativa silenciosa tejida entre las líneas de su encuentro.

"Laura," comenzó Erik, su voz llevaba el peso de una admiración sincera mezclada con una pizca juguetona de acusación. "Siento que hubo una pequeña manipulación de tu parte esta noche, pero te estoy realmente agradecido." Sus ojos chispeaban con una apreciación auténtica, su tono teñido con la suavidad de la gratitud y la maravilla.

Laura, con una sonrisa que brillaba tanto como la riqueza de su espíritu, acogió sus palabras con gracia. "¿Manipulación? Quizás un pequeño ajuste de escenario", respondió con una sonrisa juguetona, permitiendo que la complicidad flotara en el espacio entre ellos.

Erik rió suavemente, el sonido danzaba en el aire, mezclándose con la música suave que aún llenaba la sala. "Es extraordinario, Laura. Un talento tan grande en sus manos. ¿Por qué nunca mencionaste que Adrián era un pianista tan talentoso?"

Laura, capturando una suavidad en su mirada, respondió, "No lo sé, Erik. Quizás no pensé en ello, o quizás esperaba el momento correcto." Su voz llevaba un tono de serenidad y una sutil sugerencia de estrategia no dicha.

"Bueno, el momento correcto fue esta noche", dijo Erik, su voz teñida de certeza y expectativa. "Lo he invitado a participar en nuestro concierto dentro de dos semanas. Creo que su talento brillará aún más en un escenario más grande."

El rostro de Laura se iluminó, una aurora de alegría y gratitud brillando en sus ojos. "Oh, Erik, eso es maravilloso. No sé cómo agradecerte", sus palabras fluyeron como una melodía suave, cada sílaba impregnada de gratitud genuina.

Erik, sosteniendo su mirada con una calidez amigable, respondió, "Soy yo quien debería agradecerte. Me has presentado a un músico extraordinario esta noche."

Adrián y Valeria se dirigieron a casa de los padres de él tras el final del evento. La luz cálida en el umbral los envolvió en un abrazo acogedor, mientras una corriente de excitación vibraba en el aire frío de la noche.

"¡Mamá, papá, tienen que escuchar esto!" Adrián exclamó, sus palabras cargadas de una euforia incontenible mientras entraban. Sus ojos brillaban con el reflejo de un sueño que comenzaba a tomar forma, y su corazón latía al ritmo de una melodía victoriosa. Tomando a su madre entre sus brazos, la miró con ojos que destilaban felicidad pura. "No te imaginas lo que me sucedió esta noche."

Una suave alfombra de curiosidad se extendió por la habitación, y los ojos de su madre se iluminaron con expectación. "¿De qué hablas, Adrián?"

Girándose hacia su padre con una sonrisa que parecía abarcar todo el universo de las posibilidades, anunció: "¡Voy a tocar en la orquesta sinfónica, papá! ¡En la orquesta sinfónica!"

Un torrente de amor y felicitaciones inundó la habitación. La madre de Adrián lo envolvió en un abrazo suave pero lleno de una fuerza emotiva indescriptible, besando su frente con labios que murmuraban silenciosas oraciones de agradecimiento. "Sabía que lo lograrías, mi amor. Dios ha respondido a mis oraciones," susurró, sus palabras tejidas con hilos de fe y esperanza.

El padre de Adrián se levantó, una ola de orgullo robusteciendo sus movimientos. Deteniéndose frente a su hijo, compartieron un abrazo marcado por la potencia de los sueños realizados y las esperanzas cumplidas. "Me alegro mucho, hijo. No puedes imaginar cuán orgulloso estoy de ti."

El ambiente estaba cargado de emoción y expectativa mientras Adrián compartía sus noticias con su madre y su padre, su hermano estaba visitando unos amigos. Valeria se apartó discretamente, aprovechando el momento para hacer una llamada muy deseada. Sacó su teléfono y marcó el número de su hermana Gabriela, esperando con anticipación a que contestara.

"¡Gabriela! No te vas a creer lo que acaba de pasar," Valeria comenzó, su voz temblaba de emoción. "Adrián va a tocar en la orquesta sinfónica. Erik Johansson, el director, lo invitó personalmente después de escucharlo tocar esta noche."

Al otro lado de la línea, se podía sentir la emoción creciendo. Gabriela, siempre tan expresiva, dejó escapar un grito de alegría, llenando el espacio con su entusiasmo. "¡No puedo creerlo, Valeria! ¡Eso es absolutamente increíble! Dile que estoy muy, muy orgullosa de él."

Los gritos y saltos de Gabriela eran casi palpables a través del teléfono, su alegría y emoción irradiaban, contribuyendo a la atmósfera festiva que ya se había instalado. "Definitivamente lo haré, Gabi. Estamos todos tan emocionados y orgullosos," respondió Valeria, sintiéndose aún más elevada por la reacción de su hermana.

La conversación continuó por unos momentos más, compartiendo detalles y absorbiendo cada fragmento de felicidad y orgullo que este logro había traído a sus vidas. Finalmente, Valeria colgó el teléfono, guardándose un momento para respirar y dejar que la magnitud de la noticia calara profundamente en ella antes de volver con Adrián y su familia, lista para continuar celebrando este extraordinario giro del destino.

La noche avanzó, envuelta en mantos de conversación y celebración. Las palabras flotaban, contando historias de éxito, planes y la música del futuro. Eventualmente, el tiempo trazó su camino hacia la despedida. Adrián, con Valeria a su lado, anunció su intención de celebrar más allá de los límites de la casa familiar. "Mamá, probablemente no regrese esta noche. Voy a quedarme con Valeria; tenemos algo especial que celebrar."

Con ojos brillantes, su madre asintió, permitiendo que el futuro desplegara sus alas. "Hablaré más contigo cuando regreses," dijo, su voz suavizada por una mezcla de emociones.

Mirando a su hijo y a Valeria alejarse, una suave tristeza matizó los contornos del corazón de la madre. Aunque la habitación aún resonaba con ecos de felicidad, un silencio suave empezó a tejerse en el aire. Ella sabía que estaba presenciando un paso inevitable hacia una nueva fase, un suave despegue hacia nuevos horizontes. En su corazón, una madre enfrentaba el dulce dolor de soltar, de permitir que las alas de su hijo batieran hacia su propio cielo, aunque eso significara que el nido quedaría, de a poco, más vacío.

CAPITULO 9: CRESCENDOS Y SILENCIOS

Valeria y Adrián, sumidos en la suavidad del sofá, se encontraban envueltos en una atmósfera etérea de música relajante. Sus manos se entrelazaban delicadamente alrededor de copas de vino, mientras sus miradas se perdían en la inmensidad nocturna desde su apartamento. El vasto mar en la lejanía parecía fundirse con la brillantez de una luna que jugueteaba caprichosamente entre nubes errantes en el horizonte.

"Quisiera que te quedaras," susurró Valeria, su voz se mezclaba suavemente con las melodías que llenaban el aire,

"No pienso ir a ningún sitio, voy a pasar la noche contigo", respondió Adrián, permitiendo que sus palabras fluyeran con la naturalidad del momento.

Valeria, dejándose llevar por la corriente de sus emociones, continuó: "No solo esta noche, sino por siempre." Sus ojos se encontraron con los de Adrián, buscando en ellos una respuesta silenciosa.

Adrián la miró, permitiéndose un momento de silencio, antes de responder. "No sabes cuánto deseaba oírte decir esas palabras", dijo finalmente, y la envolvió en un abrazo que pareció contener todas las palabras no dichas, todos los sentimientos no expresados. Sus labios se encontraron en un beso, un delicado pero profundo encuentro de almas.

La noche se deslizó suavemente, y entre conversaciones y caricias, exploraron los paisajes de sus corazones y cuerpos, dejándose llevar por el arte del amor. Exhaustos pero saciados, el sueño los cobijó en su manto, quedando dormidos en el sofá, acurrucados, compartiendo calor y sueños.

Despertaron a la luz de una mañana perezosa, el sábado se estiraba ante ellos con promesas de aventuras. Con planes ya tejidos en sus mentes, partieron hacia las montañas, donde la nieve de una temprana nevada prometía deslizamientos suaves y eufóricos. Ansiosos de esquiar y dejarse envolver por la belleza invernal, también anticipaban una noche en un acogedor hotel, frente a un vasto lago que el invierno convertía en un espejo cristalizado. La naturaleza sería testigo de su unión y cómplice de su felicidad.

***

Valeria tomó el brazo de Adrián mientras caminaban hacia la gran puerta de madera que marcaba la entrada a la residencia de sus padres. Era el Día de Acción de Gracias, y aunque el aire exterior estaba impregnado del frío de noviembre, ella se sentía aún más helada por dentro ante la perspectiva de la cena. La importancia de este día para su madre era un ancla que la arrastraba hacia atrás, hacia una vida que ella ya no deseaba vivir.

Adrián ajustó la corbata que Valeria había elegido para él; era elegante y, sin embargo, se sentía como un yugo alrededor de su cuello. Llegaron deliberadamente tarde, justo cuando los sirvientes comenzaban a servir la cena, cada plato un testamento de la riqueza y del alto nivel de exigencia de la familia.

Los ojos de Valeria estaban inquietos, y mientras cruzaban el umbral, ella podía sentir la expectativa de sus padres.

El padre de Valeria, Pablo, se levantó y los saludó con una sonrisa genuina. "Valeria, Adrián, qué placer verlos. Por favor, siéntense."

La mesa estaba puesta con una precisión meticulosa, los sirvientes se movían en un baile silencioso alrededor de los invitados, rellenando copas y presentando platos. Valeria se sentó, su vestido susurrando contra la silla mientras Adrián se acomodaba a su lado.

Pablo inició la conversación, su mirada alternando entre Adrián y su hija. "Me dice Laura que vas a tocar con la filarmónica. Es un gran honor para todos nosotros."

Adrián asintió, la gratitud en su voz era templada por el recuerdo de desacuerdos pasados. "Gracias. Es una oportunidad que valoro mucho."

Pablo se aclaró la garganta, consciente de las miradas expectantes de su familia. "Quiero decirte a ti y a todos que actué muy mal contigo, Adrián. A veces me dejo llevar por mi temperamento, y por eso, te pido disculpas."

El silencio que siguió fue tenso. Adrián, sorprendido, sopesaba las palabras. ¿Eran genuinas o un simple teatro para influir en Valeria?

"Disculpa aceptada," dijo finalmente Adrián, optando por la diplomacia.

Gabriela, siempre la más expresiva, no pudo contener un estallido de entusiasmo. Se levantó de un salto, atravesó el espacio que la separaba de su padre y lo besó con afecto en la mejilla.

Pablo, buscando reforzar su gesto de buena voluntad, continuó. "He reservado asientos en la filarmónica para nosotros y algunos miembros de la empresa. No faltaríamos por nada del mundo."

Valeria permanecía en silencio, su escepticismo aún nublaba su juicio. No podía permitirse un paso en falso, no cuando tanto estaba en juego. "¿Será sincero?" se preguntaba. Esa noche tenía el potencial de cambiar el curso de su vida, y decidió mantenerse a una prudente distancia de su padre.

Los sirvientes seguían moviéndose con gracia alrededor de la mesa, donde la plata y la cristalería brillaban bajo la luz suave, y cada plato era una delicia para la vista. Sin embargo, para Valeria, la comida sabía al pasado, un pasado del cual estaba desesperadamente intentando alejarse.

***

El gran día había amanecido con un cielo claro, presagiando un evento memorable. Adrián se levantó con el primer rayo de luz que se filtraba por las cortinas, su corazón latía al ritmo de una obertura aún no escrita. La ansiedad lo embargaba, un hormigueo en los dedos, una presión suave en el pecho, la incertidumbre de enfrentarse a un auditorio lleno.

Valeria lo observó desde la puerta del dormitorio, su silueta delineada por la luz matinal. "¿Quieres que te acompañe?", preguntó, su voz un suave contrapunto a la cacofonía de emociones que él sentía.

"No, me distraería y te aburrirías. Nos vemos esta noche," respondió Adrián, ofreciéndole un beso que prometía un reencuentro bajo diferentes estrellas. Y con ese breve contacto, partió, dejando atrás la calma de su hogar por la tempestad de la expectativa.

La Filarmónica lo recibió con su imponente presencia. A medida que se adentraba en la sala, el eco de sus pasos se mezclaba con los saludos amistosos de sus colegas, una orquesta de voces que le deseaban éxito. "Es solo el principio," le aseguró uno de los violinistas, con una sonrisa cómplice.

Cuando el director de la orquesta lo presentó esa noche, la atmósfera se llenó de una anticipación palpable. "Damas y caballeros, es un honor presentar a un nuevo talento entre nosotros, el señor Adrián García." Su nombre reverberó en el espacio, y como si el director fuera un maestro de ceremonias anunciando a un solista principal, extendió su brazo hacia Adrián.

Los aplausos inundaron la sala como una marea. Los músicos, solidarios en el ritual de bienvenida, se pusieron de pie, formando una ovación que parecía llevar en sus alas la promesa de la grandeza. En una sección exclusiva, la familia de Valeria y sus invitados brindaban con sus palmas un entusiasmo que llenaba de color el ambiente. Gabriela destacaba, su vivacidad un faro de orgullo. Valeria, con el corazón en un puño, los ojos brillando con lágrimas de emoción, se unía a la familia y a los compañeros de academia de Adrián en un frenesí de aplausos.

El reflector seguía a Adrián mientras tomaba su lugar. Bajo la luz que lo destacaba, podía sentir los ojos de cada espectador, los conocidos y los extraños, todos fijos en él, todos esperando que las cuerdas de su instrumento tejieran magia. El silencio se apoderó de la sala, el mismo silencio que precede al primer acorde de una sinfonía que promete ser inolvidable.

En ese momento, Adrián cerró los ojos, respiró profundamente y se entregó a la música, permitiendo que su pasión por ella guiara sus movimientos. La primera nota resonó, pura y clara, y con ella, comenzó a tejer su destino.

Cuando la última nota del piano se disipó en el aire, el silencio se apoderó del auditorio, tan profundo y resonante como la música misma. Entonces, como si fueran movidos por una sola voluntad, los asistentes comenzaron a aplaudir, un sonido tumultuoso que llenó la sala y vibró en el pecho de Adrián. De pie, frente al gran piano de cola, su corazón latía al unísono con cada palmada, cada grito de aclamación.

Con una reverencia, su mirada barría la multitud, hasta que sus ojos encontraron los de Valeria. Ella le sonreía, irradiando una alegría que parecía iluminar toda la sala. Entre el bullicio, era como si solo existieran ellos dos en ese instante.

Atrás del escenario, después de los saludos y las felicitaciones de sus colegas, Adrián estaba casi en un estado de euforia. El encuentro con Valeria fue el momento cumbre de la noche. Ella había logrado colarse por la entrada de artistas, y cuando sus ojos se encontraron, no hubo necesidad de palabras.

Valeria se lanzó a sus brazos y él la recibió, sus cuerpos temblando ligeramente con la adrenalina y la emoción del momento.

"¡Lo hiciste, Adrián! ¡Lo hiciste increíble!" exclamó Valeria, su voz ahogada contra su hombro.

"Solo porque sabía que estabas aquí, apoyándome,"

respondió él, su voz cargada de emoción.

Valeria se apartó ligeramente para mirarlo a los ojos. "Siempre estaré aquí, en cada nota que toques, en cada sueño que persigas."

Los dos se quedaron abrazados, el murmullo de los invitados y los últimos ecos de los aplausos de fondo. Más tarde, reunidos con sus familias y amigos en el salón principal, los halagos y felicitaciones parecían interminables. El ambiente era de pura celebración, cada persona queriendo compartir un momento con el nuevo talento que había cautivado a todos esa noche.

Cuando la celebración se trasladó al restaurante de un hotel, cortesía del padre de Valeria, la noche se llenó de brindis, risas y planes para el futuro. Con cada abrazo, cada palmada en la espalda, Adrián se sentía más agradecido y convencido de que este era el comienzo de una larga y brillante carrera.

CAPITULO 10: LAZOS QUE PERDURAN

La invitación para tocar de nuevo en la Filarmónica llegó dos veces más, marcando las estaciones de primavera y verano con la promesa de una audiencia encantada. Esta vez, sin embargo, el reconocimiento de Adrián había trascendido la mera oportunidad, las invitaciones fueron seguidas por dos cheques que lo dejaron sin aliento, cifras que nunca había imaginado se asociarían con su arte, con su pasión.

El eco de su éxito resonó hasta los pasillos de la academia de música donde enseñaba, donde un torrente de aplicaciones comenzó a llegar, cada una impresa con la esperanza de ser instruida por el talento emergente que era Adrián. Se encontraba abrumado, en el mejor sentido, por la avalancha de estudiantes deseosos. A duras penas podía mantener el ritmo, dividido entre su amor por enseñar y su dedicación a la perfección de su propio arte.

En medio de este torbellino de atención, los agentes de la industria musical no tardaron en aparecer, cada uno con promesas más tentadoras que el último, buscando ser la brújula que guiara su carrera hacia horizontes aún más amplios. Adrián, abrumado pero halagado, les pedía paciencia. Su corazón estaba en conflicto; el mundo le tendía la mano, pero le pedía a cambio el sacrificio de su tiempo con Valeria, un precio que no estaba preparado para pagar. La posibilidad de viajar constantemente, de llevar su música a rincones desconocidos, chocaba con el deseo de no desgarrar el tejido de su vida con

Valeria, quien también estaba forjando su propio camino profesional con determinación y éxito.

Las cenas en la casa de los padres de Valeria eran ahora un evento recurrente, marcado por la cortesía y el refinamiento. Sin embargo, bajo la superficie de sonrisas y conversaciones educadas, persistía una tensión sutil entre Valeria y su padre, Pablo. La desconfianza latía aún en el fondo, y aunque los encuentros eran cordiales, existía una barrera invisible de incertidumbre y preguntas no formuladas. Ambos sabían que llegado el momento, tendrían que enfrentarse a una conversación franca, desplegar sus preocupaciones y esperanzas como cartas sobre la mesa.

***

En el acogedor refugio del apartamento de Valeria, donde las tardes de verano se desplegaban en un tapiz de luz dorada y sombras juguetonas, Adrián se convertía en el maestro de ceremonias de un concierto privado cada noche. Sentado al piano, un regalo impregnado del afecto de Valeria, sus dedos se deslizaban por las teclas con una gracia y delicadeza que solo su amor por ella podía inspirar.

La melodía de "Sueño de Amor" de Franz Liszt, la pieza favorita de Valeria, se elevaba en el aire, envolviendo la habitación en una atmósfera de romance y ternura. Era más que música; era un lenguaje silencioso que tejía un lazo invisible entre ellos, un hilo de amor y conexión que se fortalecía con cada nota.

Bajo la luz suave y tenue, el piano se convertía en un altar donde se ofrendaban los sentimientos más profundos, y Valeria, hechizada por la melodía, cerraba los ojos, dejándose llevar por la corriente de emociones que la música de Adrián despertaba. En esos momentos, el mundo que los rodeaba se desvanecía, dejándoles flotar en su propio universo, donde el tiempo parecía detenerse y cada acorde era un susurro de su amor eterno.

***

Valeria se recostó en el respaldo de una de las sillas en su apartamento, su voz tenía un matiz de nostalgia mientras las sombras del atardecer se entrelazaban con sus recuerdos. "Extraño a mi caballo, y los festivales de equitación. Me encantaba participar," dijo Valeria, su mirada perdida en la luz crepuscular.

Adrián dejó las teclas del piano y giró su silla para enfrentarla, sus dedos todavía vibrando con la resonancia del último acorde. Su expresión era un reflejo del entendimiento que había crecido entre ellos. "Valeria, sé cuánto significa para ti," respondió con una voz suave. "Y te prometo, un día tendremos otro."

Ella asintió lentamente, aunque una sombra de duda cruzó su rostro. "Sí, un día lo tendremos, pero no creo que sea lo mismo para mí. Compartí muchos años con Estrella, desde que era un potrillo."

"¿Te atreverías a ir a la finca cuando tu padre no esté?" sugirió Adrián, alentándola con una chispa de aventura en su tono.

Los ojos de Valeria se iluminaron con una mezcla de entusiasmo y esa picardía infantil que a él tanto le encantaba. "¡Sería fantástico! Voy a llamar a Gabriela para que me diga cuándo papá está fuera de la ciudad."

"Al día siguiente, Valeria sostuvo su teléfono con manos temblorosas de anticipación. "Gabi ¿Podrías decirme cuándo no estará papá en casa? Quiero ir a la finca" Su voz era un susurro conspirador.

Gabriela, del otro lado de la línea, compartía la emoción. " Estarás encantada de saber que tiene un viaje de negocios la próxima semana. Será el momento perfecto."

El fin de semana llegó sin que su padre regresara, y para Valeria y Adrián, era claramente el momento perfecto para ir a la finca. Al bajar del coche, Valeria fue recibida por el aroma a tierra mojada y hierba fresca, y la brisa suave que llevaba el sonido familiar de los caballos relinchando a lo lejos. El rancho, anidado en la vastedad del campo, era un refugio de recuerdos y añoranzas para ella.

El matrimonio que cuidaba la finca, Don José y Doña Rosa, la recibieron con los brazos abiertos. "¡Valeria, niña, cuánto tiempo sin verte por estos lares!" exclamó Don José, su voz resonando con el afecto de un tío lejano.

"Demasiado tiempo, Don José. Les he extrañado a ustedes y a este lugar," dijo Valeria, su voz teñida de nostalgia, y les presentó a Adrián. Doña Rosa, una mujer de manos fuertes y sonrisa cálida, la abrazó como si fuera su propia hija. "Gabriela me llamó y me dijo que ustedes venían. Les hemos preparado algo especial, algo que sé que les encantará," comentó mientras la guiaba hacia la cocina del rancho, donde los aromas de la comida casera ya se elevaban en el aire.

Valeria la acompañó a la cocina, donde probó la comida que exhalaba deliciosos aromas, y le dijo que regresaría en media hora.

“Voy a enseñarle Estrella a Adrián.”

Doña Rosa sonrió y suavemente los empujó hacia afuera.

“Vayan, vayan. Los espero aquí. Estrella se va a alegrar mucho de verte.”

La finca de los padres de Valeria era una extensión de tierra que evocaba el mismo esplendor que su antiguo hogar, con un toque más silvestre y libre. Los establos eran una construcción de madera robusta, impregnada del aroma dulce del heno y del cuero. Mientras Valeria recorría el lugar, su corazón latía al ritmo de los recuerdos que cada rincón evocaba.

Al llegar a los corrales, su respiración se entrecortó. Allí estaba Estrella, majestuoso y sereno, como si hubiera estado esperando su regreso. "Estrella," susurró Valeria, y el caballo levantó la cabeza, sus orejas girando hacia la voz familiar.

El reencuentro fue un torbellino de emociones. Valeria envolvió sus brazos alrededor del cuello del caballo, enterrando su rostro en la crin espesa. Estrella relinchó suavemente, reconociendo el abrazo de su antigua compañera.

“Este es Estrella,” dijo Valeria, su voz llena de cariño mientras acariciaba suavemente el pelaje del caballo. “Fue un regalo de mi padre para mi decimoquinto cumpleaños. Hemos pasado tantos buenos momentos juntos.”

Adrián observó con una sonrisa cómo Valeria demostraba su amor por Estrella, la conexión entre ellos era evidente en cada gesto y palabra. El caballo, por su parte, mostró su afecto con un suave relinchar y un movimiento de cabeza, como si reconociera la importancia del momento.

“Es hermoso,” comentó Adrián, extendiendo cautelosamente su mano hacia Estrella, quien lo olfateó curiosamente antes de permitirle acariciar su frente. “Se nota que hay una conexión especial entre ustedes.”

Valeria asintió, su mirada perdida por un momento en recuerdos dulces y nostálgicos. “Estrella ha sido más que un caballo para mí, ha sido un amigo y un refugio en momentos difíciles.”

Con la ayuda de Adrián, Valeria se preparó para montar. No había necesidad de palabras; su comunicación era puramente emocional, un diálogo sin sonidos pero lleno de significado. Al cabalgar, Valeria se sintió liberada de las ataduras del pasado y del presente, fundiéndose con el movimiento rítmico de Estrella mientras galopaban por los campos abiertos de la finca.

Una vez de vuelta en la casa, Valeria llevó a Adrián a una pequeña habitación adornada con recuerdos de su pasión por la equitación. Las paredes estaban decoradas con fotografías de competencias, y en una estantería, una colección de trofeos y medallas brillaba bajo la suave luz. Cada uno de ellos era un testimonio de su habilidad y dedicación a este deporte.

"Estos son algunos de los trofeos que gané en competencias de equitación," explicó Valeria con un tono modesto pero orgulloso. "Ahora, sólo juego al golf de vez en cuando."

Adrián recorrió la habitación con la mirada, impresionado por los logros de Valeria. Las imágenes la mostraban en plena acción, dominando con gracia y poder. Era un vistazo a otra faceta de su vida, una que hablaba de su espíritu competitivo y su amor por los desafíos.

"Es impresionante, Valeria," dijo Adrián, admirando los trofeos.

Valeria sonrió, un poco avergonzada por la atención, pero al mismo tiempo agradecida por el interés genuino de Adrián. "Gracias, pero esos días quedaron atrás. Ahora encuentro más tranquilidad en el golf, aunque no con la misma intensidad."

Juntos, se quedaron un rato más en la habitación, Valeria compartiendo historias de sus días en las competencias, y Adrián escuchándola atentamente, cada anécdota añadiendo más profundidad a su comprensión de quién era ella realmente. Era un intercambio íntimo, un momento de conexión en el que ambos se abrían el uno al otro, revelando las capas de sus vidas y experiencias.

Más tarde, sentados alrededor de una mesa rústica bajo la sombra de un roble centenario, disfrutaron de una suntuosa comida campestre. Había pollo asado con hierbas del jardín, patatas cocidas en su piel y una ensalada fresca de la huerta, todo regado con un vino tinto de la cosecha local.

"La comida está deliciosa, Doña Rosa. Nadie cocina como usted," comentó Valeria entre risas y bocados.

Doña Rosa sonrió con humildad. "Es el sabor de la tierra, niña. Aquí todo tiene otro gusto."

La tarde pasó entre anécdotas y risas. Al partir, Valeria se volvió hacia los dos ancianos que habían sido su familia extendida durante tantos años. "Por favor, no le digan a mi padre sobre esta visita," pidió con un brillo juguetón en sus ojos.

Don José asintió con una sonrisa cómplice, "Tu secreto está a salvo con nosotros, niña."

Valeria les abrazó con fuerza, sabiendo que su conexión

con este lugar y con ellos era un lazo que ni el tiempo ni la distancia podrían romper. "Gracias, de verdad," dijo, y se marchó con el corazón lleno de la calidez del hogar.

***

El regreso del Dr. Pablo Sandoval, el padre de Valeria, a la casa familiar fue tan silencioso como el caer de las hojas en otoño. Agotado pero con una sensación de satisfacción impregnando su ser, traía consigo los ecos de éxito de una conferencia reciente. Junto a un distinguido grupo de colegas, también médicos, habían discutido los méritos de una nueva droga contra el cáncer, una promesa diseñada por el equipo de científicos de su compañía. Su aporte había sido fundamental, y la comunidad médica lo reconocía como un pilar en la lucha contra la enfermedad.

A pesar de la fatiga, su mente no concedía descanso. La ausencia de Valeria, su hija, pesaba sobre él con la densidad de la niebla matinal. Ella, que había sido su mano derecha en tantas ocasiones, no estaba allí para compartir su triunfo. Si bien Valeria carecía de su experiencia médica, poseía una astucia innata y un encanto que le permitían navegar en los intrincados eventos corporativos con una facilidad envidiable. En esos momentos, sentía la ausencia de esas cualidades, sintiéndose como un capitán que ha perdido su brújula en alta mar.

A solas en su estudio, el Dr. Sandoval se permitió un momento de vulnerabilidad. Los sueños que había tejido, de Valeria tomando las riendas de su legado, parecían evaporarse como gotas bajo el sol inclemente. Gabriela, aunque inteligente, no poseía el temple necesario para sostener el timón del imperio que había construido con tanto esfuerzo.

Sus pensamientos se desviaron hacia Adrián, aquel joven pianista que había capturado el corazón de Valeria. Lo admiraba como artista, ciertamente, pero no como el potencial compañero para su hija. No podía evitar verlo como un oportunista, alguien que, sin el sudor de su frente, podría beneficiarse de décadas de sacrificio y trabajo. Eso no lo permitiría y haría todo lo posible para evitarlo.

Con la noche avanzando y las estrellas asumiendo su guardia en el cielo, Pablo Sandoval se levantó de su silla con la determinación de un hombre que aún cree tener control sobre el destino. "Valeria debe entender," murmuró para sí mismo, "tiene que comprender lo que está en juego.

***

La llegada de las fiestas navideñas solía ser un motivo de unión y alegría en la casa de los Sandoval, una época marcada por la tradición y la calidez familiar. Pero ese año, el espíritu festivo se había visto teñido por la ausencia de Valeria. Laura, su madre, intentaba disimular su desazón con una sonrisa, pero sus ojos delataban la tristeza que le causaba no tener a su hija cerca en una fecha tan significativa. Pablo, por su parte, mantenía un silencio solemne; su orgullo le impedía verbalizar el dolor que sentía.

Valeria, consciente del vacío que su ausencia crearía en el hogar familiar, había decidido pasar la Nochebuena con los padres de Adrián. Aunque era bien recibida y el ambiente era cálido y festivo, no podía evitar sentir la nostalgia de los días navideños de su infancia: el sonido de las risas en la cocina, el olor del pavo asado que se mezclaba con el perfume del pino, y las voces de sus padres cantando villancicos al compás del piano de su padre.

Sentada en el cómodo sofá de la sala, con las luces del árbol parpadeando en un rincón y el sonido de la alegría ajena llenando la habitación, Valeria tomó su teléfono y marcó el número de su hogar.

"¿Mamá? Soy yo, Valeria," dijo, su voz cargada de una emoción contenida.

Laura respondió con un tono que intentaba ser alegre, "¡Mi niña! ¿Cómo estás? ¿Cómo van las cosas por allá?"

Valeria podía escuchar el esfuerzo de su madre por sonar despreocupada. "Está todo bien aquí, mamá. Pero te echo mucho de menos."

La voz de Laura se suavizó, "También te extrañamos, querida. Pero entendemos, la vida... sigue su curso."

"Lo sé, mamá, y lo siento mucho. Quiero que sepas que los llevo conmigo, aquí," Valeria se tocó el pecho, "en mi corazón."

Hubo un silencio breve, un puente de comprensión y amor que conectó a madre e hija a través de la distancia. "Gracias, Valeria. Eso significa mucho para mí. Tu padre y yo... también te llevamos en el corazón."

El día después de Navidad, Gabriela llegó a la casa de Valeria con los brazos cargados de regalos y una sonrisa que buscaba reconfortar. "Mira lo que mamá y papá enviaron para ti y para Adrián," dijo, extendiendo los paquetes decorados con lazos y papel brillante.

Valeria abrazó a su hermana, "Gracias por venir, Gabi. Sé que esto también es difícil para ti."

Juntos, decidieron visitar la casa familiar llevando regalos. Al llegar, los recibimientos fueron tibios pero sinceros.

"Esperamos que les gusten los regalos", dijo Valeria con una voz que bailaba entre la expectativa y la ternura, mientras Adrián, con movimientos suaves y considerados, colocaba los paquetes envueltos en papel brillante bajo el árbol ya repleto de otros presentes.

Laura sonrió con dulzura, un brillo maternal iluminando sus ojos mientras se acercaba para tomar las manos de su hija entre las suyas, cálidas y reconfortantes. "Lo importante no son los regalos, sino estar juntos, aunque sea de esta nueva manera," susurró Laura, su voz un hilo suave tejido con la fortaleza de un amor incondicional. "Dale un abrazo a tu papá," añadió en un tono apenas audible, alentando un gesto de reconciliación.

Valeria cruzó la habitación, sus pasos resonaban con una mezcla de resistencia y necesidad. Pablo parecía un poco más encorvado desde la última vez que lo había visto "Feliz día, papá", dijo ella, su voz firme pero no exenta de un cariño que persistía a pesar de todo.

"Me alegra que hayas venido", respondió Pablo, su voz raspaba suavemente los bordes de sus palabras. Había un destello de algo más en sus ojos—¿remordimiento, tal vez, o un deseo inarticulado de conexión?

Valeria lo observó en silencio, estudiándolo, sus ojos intentando perforar la fachada de hombre hecho y derecho para ver al padre que alguna vez la había sostenido en sus brazos. "Ven para que saludes a Adrián y veas los regalos que les trajimos," dijo ella momentos después, desviando conscientemente la conversación de cualquier sendero emocional profundo. No deseaba intimidad, no en esos términos vulnerables. No confiaba en él y no estaba dispuesta a permitir que se interpusiera de nuevo entre ella y Adrián.

El tiempo se desplegaba con una lentitud cálida y envolvente, cada segundo teñido de recuerdos y sabores familiares. Sentados alrededor de la chimenea que crujía con la madera que ardía lentamente, compartieron historias y carcajadas, un eco suave de los años en que la casa estaba llena del bullicio alegre de una familia completa.

Valeria se dejaba llevar por la nostalgia mientras su paladar se deleitaba con los exquisitos dulces, reliquias azucaradas de la noche anterior. Los sabores eran los mismos, pero las sensaciones que evocaban habían madurado, adquiriendo la complejidad de los recuerdos agridulces. El aroma del pavo rostizado que aún flotaba en el aire, las especias de las galletas de jengibre, todo servía como un puente entre el presente y los días dorados de su infancia.

Ella miraba a su alrededor, cada objeto parecía sostener una historia, cada fotografía en la pared era un portal a un tiempo más sencillo. Las risas resonaban con un timbre que a Valeria le sonaba a hogar, pero ahora había una capa de tristeza en esa melodía. No era una tristeza desgarradora, sino más bien la aceptación de que esos días felices, aunque inolvidables, habían pasado y que la vida había trazado rutas inesperadas desde entonces.

Mientras la noche se cerraba alrededor de ellos, la conversación se tornaba más íntima, las voces más bajas, como si el crepúsculo trajera consigo un respeto sagrado por los pensamientos y sentimientos compartidos en la oscuridad creciente. Valeria sentía cada momento como si fuera a la vez precioso y fugaz, queriendo aferrarse a él y a la vez sabiendo que tenía que dejarlo ir. La luz parpadeante de las velas jugaba en los rostros de su familia, dibujando sombras que bailaban con la luz del fuego, recordándole que la vida, como la llama, era algo que siempre cambiaba, siempre se movía.

CAPITULO 11: ECOS DE PRIMAVERA

La llegada del nuevo año había traído un soplo de aire fresco a la vida de Valeria y Adrián. La primavera se desplegaba ante ellos con todas sus promesas de renovación y crecimiento. Adrián, cuyos dedos danzaban sobre las teclas del piano con una destreza que cautivaba a cualquiera que lo escuchara, había encontrado en la música una forma de expresar su amor, su esperanza y sus ambiciones.

Valeria lo observaba a menudo desde la puerta del salón, admirando no solo la música sino también al hombre que la creaba. Su talento había florecido y, con cada video que compartían en las redes sociales, más personas lo reconocían como la futura estrella que estaba destinado a ser.

En medio de este idilio, un oscuro plan se estaba gestando. Pablo, el padre de Valeria, incapaz de aceptar la unión de su hija con un músico, buscaba alterar el rumbo de su destino.

"Debes intentarlo, Diego," dijo Pablo, con voz firme pero teñida de desesperación, mientras compartía una cerveza con el joven en su estudio lleno de libros y reconocimientos médicos.

Diego, incómodo, jugueteaba con el vaso en sus manos. "Pablo, yo... Valeria ha elegido a quien quiere. No me siento bien con esto."

Pero las palabras de Pablo eran una mezcla de petición y

mando. "Solo un almuerzo, Diego. Habla con ella, hazle ver que podrías ofrecerle un futuro más estable."

A regañadientes, Diego accedió y, con un nudo en el estómago, invitó a Valeria a almorzar. Ella, sorprendida y a la vez cautelosa, aceptó con la idea de dejar las cosas claras.

En un restaurante discreto, rodeados por el murmullo de otros comensales, Valeria frunció el ceño apenas vio a Diego. "¿Por qué insististe tanto en vernos?"

Diego, mirándola a los ojos, intentó explicarse. "Solo quería... hablar, como amigos."

Pero antes de que Valeria y Diego pudieran adentrarse en una conversación más profunda, un flash interrumpió el tenso silencio que se había formado entre ellos. Fuera del restaurante, apenas oculto entre el ir y venir de la multitud, un fotógrafo los había capturado en una imagen que, sin duda, sería malinterpretada. Era un estratega anónimo, uno de esos oportunistas que se esconden detrás de un lente, contratado por Pablo bajo el más estricto anonimato. En un intento desesperado por alterar el rumbo de la vida de su hija, el padre de Valeria le había dado instrucciones precisas: conseguir una fotografía que sembrara dudas sobre la fidelidad de Valeria y asegurarse de su publicación en la página de sociedad de un destacado periódico y en redes sociales.

Ajenos al maquiavélico plan de Pablo, Valeria y Diego sintieron cómo el momento de camaradería se disolvía como azúcar en té caliente. La imagen, una vez publicada con una insinuación venenosa de un romance incipiente, prendió la chispa de un drama innecesario. Pablo, desde la sombra, observaba los efectos de su juego manipulador, sin darse cuenta de que, al intentar controlar la historia, quizás estaba escribiendo el capítulo final de su relación con Valeria.

Cuando la foto apareció en las redes sociales, acompañada de comentarios malintencionados que sugerían un renacer de antiguos lazos amorosos, Valeria sintió cómo la traición la embargaba, sus emociones desbordándose en una mezcla de furia e impotencia. Adrián, al ver la imagen, sintió un golpe en el pecho, una semilla de duda que, a pesar de sus esfuerzos, comenzó a germinar en lo más profundo de su ser. No pudo evitar que su voz se tiñera de un celo amargo cuando la confrontó. "Explícame, Valeria, ¿qué está pasando aquí?"

Valeria, con la indignación vibrando en cada sílaba, le aseguró: "No hay nada detrás de esto, te lo aseguro. Diego me pidió que almorzáramos juntos y solo acepté por compromiso social. Estoy convencida de que es una de las jugadas sucias de mi padre para tratar de manipular las circunstancias."

La explicación de Valeria estaba teñida con la verdad, pero en el mundo de las medias verdades y las sombras, incluso la sinceridad más cristalina puede parecer opaca. Adrián quería creerle, deseaba confiar en ella por completo, pero las dudas, una vez plantadas, son como malas hierbas que, si no se arrancan de raíz, pueden crecer hasta asfixiar la más fuerte de las confianzas.

Adrián miró a Valeria, buscando alguna señal en su rostro que disipara las nubes de incertidumbre que comenzaban a formarse en su mente. "Quiero creerte, Valeria... realmente lo hago," dijo, la última palabra colgando en el aire entre ellos como una promesa frágil.

No había tiempo para más palabras, porque en ese preciso instante, el teléfono de Valeria vibró con insistencia. Ella lanzó una mirada a la pantalla antes de responder, su expresión endureciéndose al ver el nombre de Diego iluminado contra el fondo oscuro.

"Valeria, no tengo idea de cómo sucedió esto. Nunca pensé que un simple almuerzo provocaría tal caos," la voz de Diego, usualmente calmada y controlada, se deshilachaba con la tensión de la disculpa. A través del teléfono, ella podía percibir la sinceridad de sus palabras, un contrapunto a la tormenta de emociones que ahora enfrentaba.

Con la mano libre, Valeria alcanzó la de Adrián, buscando en su tacto la fortaleza para enfrentar lo que venía. "Diego, escúchame bien," comenzó ella, su voz firme a pesar del temblor de su corazón, "no sé qué juego tienes entre manos, o si mi padre está detrás de esto, pero no permitiré que esto afecte mi vida con Adrián. Nuestra confianza es más fuerte que tus acciones o las manipulaciones de cualquier persona."

Diego suspiró al otro lado de la línea, el sonido cargado de un arrepentimiento que Valeria esperaba que fuera genuino. "Te creo, Valeria, y lamento profundamente ser parte de todo esto. Haré lo que esté en mis manos para remediarlo."

Valeria colgó, con la certeza de que su corazón y su futuro estaban con Adrián. Con la misma certeza, sabía que el próximo enfrentamiento sería con su padre.

La noticia había corrido como pólvora, y la imagen de Valeria y Diego, íntimos en un almuerzo casual, había detonado un torbellino de especulaciones en las páginas de sociedad. Cada susurro virtual era una aguja caliente que pinchaba la paciencia de Valeria. Su teléfono, un objeto que usualmente le brindaba conexiones queridas, ahora era un conducto de su ira.

Con dedos temblorosos pero decididos, Valeria marcó el número de su padre, el hombre que, estaba segura, había orquestado esta nueva afrenta.

"¡Pablo!" La palabra salió como un látigo, cargada de un veneno que nunca antes había dirigido hacia su padre.

"Valeria, hija, ¿qué sucede? ¿Estás bien?" La voz de Pablo era la calma que precede a la tormenta, algo que sólo exacerbaba la furia de Valeria.

"¡No me llames 'hija'! Sé que fuiste tú quien hizo esto, ¡quién pagó por esa mierda de foto y la puso en el periódico!"

"Valeria, cariño, estás equivocada..."

"¡No me llames 'cariño' tampoco!" Tratas de arruinar mi relación con Adrián y no te lo permitiré."

Hubo un silencio, un vacío que colgaba entre ellos, cargado con el peso de una acusación que Pablo no podía, o no quería, refutar.

"No tengo ni idea de qué me estás hablando," dijo al fin, su voz un intento patético de inocencia.

Valeria rió, un sonido cortante y carente de humor.

"¿De verdad crees que puedo creerte eso? ¡Carajo, papá! Todo el mundo sabe cómo juegas tus cartas, cómo manipulas a las personas y las situaciones para obtener lo que quieres."

"Valeria, ¿me estás acusando de algo...?"

"Sí, te estoy acusando. ¿Sabes qué? Ya basta. No quiero que vuelvas a hablar conmigo. No quiero que interfieras en mi vida, ¡nunca más! No después de esto."

La voz de Pablo, por primera vez, se quebró. La fachada del hombre poderoso, controlado y siempre calculador, mostraba fisuras.

"Valeria, te ruego que me escuches..."

Pero Valeria había colgado, su decisión tan final como el clic de la llamada que terminaba. Sentía un nudo en el estómago y el amargo sabor del enojo en su lengua. Sin embargo, había claridad en su mente y una determinación férrea en su corazón: había cortado una cadena más que la ataba a las manipulaciones de su padre. Con cada aliento que tomaba, se prometía que sería libre, que construiría su felicidad sin barreras.

***

El verano extendió su manto dorado sobre la ciudad, y la Filarmonía se vistió de gala para recibir a uno de los talentos emergentes más prometedores: Adrián. El auditorio, repleto de melómanos y críticos, retumbaba con la vibración de la expectativa. Y cuando Adrián, con su presencia tan solo eclipsada por su talento, pisó el escenario, cada conversación quedó suspendida, cada mirada fijada en él.

Con cada nota que escapaba de sus dedos, el público era transportado. Los aplausos no se hicieron esperar; eran una ola que se negaba a ceder, cada palmada un testimonio de la maravilla que acababan de presenciar. Valeria, desde su posición privilegiada en uno de los balcones de honor, no podía apartar los ojos de él. Su corazón latía al compás de la admiración, inflado de orgullo.

Después del concierto, entre abrazos y felicitaciones, un grupo de agentes se acercó a Adrián, cada uno con la promesa de catapultarlo a la fama mundial. Valeria, conociendo el potencial de su compañero, le instó a aceptar. "Creo que debes aceptar", le susurró al oído, "tu música debe ser escuchada por todos."

Adrián asintió, pero con una firmeza en su voz, puso una condición: "Mis viajes fuera deben ser contados. Valeria es mi hogar, y no puedo permitir que la distancia se interponga entre nosotros."

Valeria sonrió, con la seguridad de que juntos podrían superar cualquier obstáculo. Pero la realidad pronto mostró otra cara. Los contratos y las giras comenzaron a acumularse, y las breves despedidas se convirtieron en ausencias que se medían en meses.

En las noches de soledad, Valeria se refugiaba en las grabaciones de las actuaciones de Adrián. Cada melodía era un puente sobre la distancia, cada nota un hilo invisible que mantenía viva su conexión. A pesar de ello, una sutil tristeza la envolvía, un vacío que solo su presencia podía llenar.

Una tarde, bajo un cielo teñido por los colores del crepúsculo, el teléfono de Valeria sonó. Era Adrián, su voz un susurro fatigado pero lleno de emoción. "Cada escenario en el que toco se siente incompleto sin ti. Cada aplauso me recuerda tu ausencia. Deseo tanto que estuvieras aquí conmigo."

Valeria, con un suspiro que parecía llevar consigo todo su amor y anhelo, respondió: "Los días sin ti son cada vez más difíciles, quisiera que estuvieras aquí."

"Pronto, mi amor, pronto," respondió Adrián, su voz transmitiendo una promesa de reencuentro.

CAPITULO 12: SOMBRAS DE DUDAS

El reloj marcaba las siete de la tarde cuando el teléfono de Valeria comenzó a sonar. Era su padre. Ella tomó una respiración profunda antes de contestar, preparándose para la conversación que sabía que sería todo menos sencilla.

"Valeria, ¿cómo estás?" La voz de su padre era suave, un intento calculado de suavidad para no despertar su ira.

Valeria respondió con cautela, a pesar de haberle dicho meses atrás que no volviera a hablar con ella "Estoy bien, papá. ¿Y tú?"

Hubo una pausa, luego, "Preocupado por ti, querida. Estas largas ausencias de Adrián... No es vida para ti."

Valeria sintió la familiar punzada de frustración. "Papá, no quisiera hablar de esto. Estoy bien."

"Pero no lo estás," insistió su padre. "La soledad es un veneno lento, y mereces más. Mereces estabilidad y la cercanía de un compañero."

Valeria apretó los labios. "Tengo a Adrián."

"Adrián es un sueño, Valeria. Diego es la realidad. Un hombre que puede darte lo que necesitas."

"Papá, no voy a discutir esto contigo."

"Es sólo que—"

"¡No, papá!" La paciencia de Valeria estaba llegando a su fin. "Amo a Adrián. Eso no va a cambiar."

El padre de Valeria soltó un suspiro pesado. "Ese amor... Es pasajero, Valeria. Parte de la juventud."

Valeria se mantuvo firme. "No es pasajero. Es mi vida. Y te pido que la respetes."

Hubo una pausa tensa. "No quiero hablar más de esto, papá. Buenas noches." Sin esperar una respuesta, Valeria colgó el teléfono, su mano temblorosa por la emoción contenida.

Más tarde, en la quietud de la noche, Valeria se acercó a la ventana y contempló el cielo estrellado, dejando que el silencio la envolviera por completo. Las palabras de su padre, aunque habían sido rechazadas en el momento, habían dejado un eco de duda que ahora flotaba en la penumbra de la habitación.

La última gira de Adrián había tejido una trama de ausencias más larga y enredada de lo que Valeria jamás había imaginado. A medida que las semanas se dilataban en meses, la soledad se convertía en una presencia casi física en su vida, una sombra persistente que se acomodaba en la silla vacía al otro lado de la mesa, en el espacio frío en la cama a su lado.

Una noche, mientras Valeria estaba recostada en su sofá, un libro descansando olvidado en su regazo, su teléfono empezó a vibrar con la llamada esperada. Era Adrián, su voz cruzaba océanos y continentes para alcanzarla desde Italia.

"¡Valeria! Amor, cada aplauso aquí llevaba tu nombre en el eco," exclamó Adrián, su voz llena de una energía contagiosa que luchaba por traspasar la distancia.

Valeria no pudo evitar sonreír, la alegría de Adrián

siempre había tenido el poder de iluminar sus días más grises. "Felicidades, mi amor. Estoy tan orgullosa de ti, pero te extraño... te extraño más de lo que las palabras pueden expresar."

El suspiro de Adrián fue un murmullo agridulce en su oído. "Yo también te extraño, Valeria. Cada noche, cada aplauso, cada ovación... Todo se siente incompleto sin ti aquí para compartirlo."

"Estarás de vuelta pronto," ella dijo, una mezcla de pregunta y afirmación. "No podemos dejar que este teléfono sea nuestro único puente."

"En dos semanas estaré de vuelta, aunque es solo por unos días," su voz era un murmullo apacible, una caricia prometida a través de las líneas telefónicas.

Dos semanas. La espera parecía interminable y fugaz al mismo tiempo. "Tenemos que hablar, Adrián. No sobre tu música, sino sobre nosotros. No puedo vivir en un perpetuo estado de espera," confesó Valeria, su voz apenas más que un susurro.

"Lo haremos, Valeria. Hablaremos de todo, de cada temor y cada sueño. Solo aguanta un poco más," prometió él.

Terminaron su llamada con promesas y palabras de amor,, colgando con el pesar de un adiós y la esperanza de un pronto reencuentro.

Cuando finalmente Adrián regresó, el reencuentro fue un torbellino de abrazos, besos y palabras entrecortadas, cada uno intentando llenar el espacio del tiempo pasado con la presencia del otro. Pero la sombra de la próxima despedida ya se cernía sobre ellos, tan palpable como el equipaje aún sin deshacer de Adrián.

"Te amo, y quiero que sigas tu pasión, que persigas tu carrera," Valeria dijo más tarde, mientras compartían un silencio cómodo en la terraza, mirando cómo el sol se ponía. "Pero esta distancia... es como una marea que nos separa cada vez más."

Adrián, su mano encontrando la de Valeria, la apretó suavemente. "Voy a encontrar la manera de acortar estas giras, de hacer que la música nos una en lugar de separarnos. Te lo prometo."

Valeria se apoyó en su hombro, permitiendo que sus palabras tejieran una red de seguridad alrededor de su corazón vacilante. Las promesas eran frágiles, pero en ese momento, en el calor de su abrazo, todo parecía posible.

***

Semanas más tarde, el teléfono en la estación de policía sonaba con urgencia, irrumpiendo en la tranquilidad nocturna. El oficial de guardia, con años de experiencia a sus espaldas, se apresuró a responder. Al otro lado de la línea, una voz anónima, cargada de ansiedad y misterio, hablaba en un tono apenas audible.

"Escucha bien," comenzó la voz, su tono bajo y apresurado. "En el Grand Hotel, habitación quinientos uno, encontrarán algo más que recuerdos de un turista."

El oficial, manteniendo la compostura, preguntó con firmeza. "¿A qué se refiere exactamente?"

"Hagan su trabajo y busquen debajo de la cama. El ocupante trafica cocaína," insistió la voz misteriosa, y antes de que el oficial pudiera indagar más, la llamada terminó abruptamente con un clic seco.

Inmediatamente, el oficial informó a su supervisor, y

un equipo fue rápidamente desplegado al Grand Hotel. Al llegar, los policías mantuvieron un perfil bajo, no queriendo alertar al ocupante de la habitación 501. Con una orden de registro en mano, entraron en la habitación, donde una búsqueda meticulosa reveló un kilo de cocaína hábilmente escondido bajo la cama. La habitación, asignada a Adrián García, se convirtió en el epicentro de un caso que pronto capturaría la atención de la ciudad.

El hallazgo dejó a los oficiales en estado de shock. Era evidente que se trataba de un caso serio, y una orden de arresto contra Adrián fue emitida de inmediato. Las consecuencias de esta noche cambiarían vidas y desatarían una serie de eventos que nadie podría haber anticipado.

Adrián, ajeno al caos que se desataba a sus espaldas, retornaba de otra triunfante noche en Italia con la tranquilidad de quien regresa a casa. Pero al llegar a su cuarto, fue recibido por el agarre frío de la ley.

"Adrián García?" preguntó uno de los policías al interceptarlo.

"Sí, soy yo. ¿Sucede algo?" respondió él, con una mezcla de confusión y ansiedad.

"Hemos encontrado drogas debajo de la cama. Tiene que venir con nosotros," explicó el policía con una firmeza que no admitía réplica.

Adrián sintió cómo el suelo se desvanecía bajo sus pies. "Debe haber un error. Yo... yo no sé nada de ninguna droga," balbuceó, su voz un hilo de pánico.

"Puede explicarlo en la comisaría," dijo el otro oficial mientras le esposaban las manos con cuidado.

"¡Pero yo soy inocente!" exclamó Adrián, su voz llena de desesperación y confusión. Sus palabras resonaban en las paredes de su apartamento, un espacio que hasta hace unos momentos había sido su refugio, ahora testigo de su abrupta caída. Los oficiales, imperturbables ante su protesta, lo condujeron firmemente hacia el coche patrulla. A cada paso que daba hacia fuera, Adrián sentía cómo se desmoronaba el mundo que había conocido, arrastrado en una marea de incredulidad y miedo.

El pasaporte de Adrián fue confiscado, y se le informó que permanecería en Italia hasta el juicio. Mientras el auto se alejaba, las preguntas se agolpaban en su mente, cada una más oscura y temerosa que la anterior.

Horas mas tarde, el teléfono sonó en la quietud de la habitación de Valeria, rompiendo la calma con su urgencia. Al ver el nombre de Adrián en la pantalla, su corazón dio un vuelco; las llamadas a estas horas solían ser de tono dulce, llenas de palabras de amor y añoranza. Pero el tono de Adrián, al otro lado de la línea, era todo menos eso.

"Valeria," su voz sonaba distante, como si una neblina de incredulidad la envolviera, "he sido acusado de algo horrendo, algo que no he hecho."

Valeria se sentó de golpe, su mente corriendo a mil por hora. "¿Acusado? ¿De qué estás hablando, Adrián?"

"Hay cocaína, Valeria. Encontraron cocaína en mi habitación... bajo la cama. Yo... yo no tengo idea de cómo llegó allí." La voz de Adrián era un susurro tembloroso, una mezcla de miedo y confusión.

Valeria se aferró al teléfono, sintiendo cómo el piso parecía desaparecer bajo sus pies. "Voy para allá, Adrián.

Voy a tomar el primer vuelo—"

"¡No!" La interrupción fue tan repentina que Valeria se quedó en silencio. "No puedes venir, Valeria. La prensa... están al acecho, y yo no quiero que te vean en medio de todo esto. No quiero que tu nombre se vea manchado por mi causa."

Valeria apretó los dientes, la frustración y el miedo luchando por el control de sus emociones. "¿Y qué se supone que haga? ¿Dejar que enfrentes esto solo?"

"He llamado a un abogado. Él me representará. Se supone que es uno de los mejores. Pero Valeria, necesito que me prometas que te mantendrás a salvo, que te mantendrás lejos de esto."

Valeria tomó una respiración profunda, luchando por mantener la calma. "Llámame, por favor, todos los días. Necesito saber que estás bien. Si no escucho tu voz, no... no sé qué haría."

"Lo haré. Te llamaré cada día. Y cuando esto se aclare, volveré a ti. Es una promesa."

La certeza en sus palabras era un débil rayo de luz en la oscuridad que se había instalado en el corazón de Valeria. "Lo sé, Adrián. Estaré aquí, esperándote."

***

El aire en la estrecha sala de visitas de la cárcel era pesado, impregnado con el olor a desinfectante y desesperanza. Adrián se encontraba sentado frente a una mesa de metal, mirando fijamente a la puerta hasta que finalmente se abrió. Un hombre de mediana edad, con un traje que gritaba profesionalismo y eficiencia, entró en la sala. En su rostro se dibujaba una expresión serena, y en sus ojos, una chispa de astucia.

"Señor Adrián García?" preguntó al acercarse, extendiendo una mano firme. "Soy Enzo Bellini, su abogado."

Adrián, con un gesto de gratitud mezclado con ansiedad, tomó la mano. "Gracias por venir, señor Bellini. No sé cómo expresar—"

"Ahórrese los agradecimientos," interrumpió Bellini con una voz calmada. "Estamos aquí para hablar de su situación. La acusación es grave, pero he revisado los detalles preliminares y creo que hay espacio para trabajar. Por suerte, he logrado negociar su liberación bajo fianza."

El corazón de Adrián, que había estado en un puño desde su arresto, sintió un alivio momentáneo. "¿Liberación bajo fianza? Eso significa que puedo... ¿salir de aquí?"

El abogado Bellini asintió con seriedad. "Sí, se le ha concedido la libertad condicional, pero con condiciones estrictas. No puede abandonar Italia; su pasaporte ha sido confiscado y permanecerá bajo vigilancia judicial hasta que concluya el juicio. Además, debes reportarse periódicamente en la estación de policía local y, por supuesto, mantener una conducta ejemplar durante este período."

Adrián pasó una mano por su cabello, desordenado y más largo de lo habitual. "Entiendo. Haré todo lo que sea necesario. Solo quiero limpiar mi nombre y regresar a casa."

"Lo comprendo y haré todo lo posible para que eso suceda," dijo Bellini, abriendo su maletín y sacando algunos documentos. "Ahora, necesito que me cuente todo desde el principio. Cualquier detalle puede ser crucial. ¿Comprende?"

Adrián asintió, respirando profundamente para calmarse y preparándose para relatar la historia una vez más, con la esperanza de encontrar en ella la clave que disiparía las sombras que ahora oscurecían su vida.

***

El mundo de Adrián se desmoronaba con una rapidez que le robaba el aliento. Cada notificación que llegaba a su teléfono era un martillazo más en el muro de la carrera que había construido con tanto esfuerzo y pasión. Una tras otra, las confirmaciones de cancelación llenaban su bandeja de entrada, reemplazando las fechas y lugares de sus conciertos con frías palabras de rechazo. "Cancelado", "Suspendido", "Postergado indefinidamente" — cada término era un eufemismo que no hacía sino enfatizar la realidad de su situación: estaba solo, abandonado por todos.

Adrián intentó ponerse en contacto con su agente repetidamente, la persona que había sido su faro en el caótico mundo de la música, el estratega detrás de su ascenso al estrellato. Pero ahora, en el momento en que más necesitaba de su guía y apoyo, solo encontraba silencio. Cada llamada que hacía era desviada al buzón de voz, y cada mensaje que enviaba permanecía sin respuesta. La ironía de la situación no escapaba a Adrián; aquel que se jactaba de estar siempre a un tono de distancia, ahora parecía haberse perdido en un silencio interminable.

Se sentía como un paria, un apestado al que nadie quería acercarse. ¿Dónde estaban todos aquellos que habían aplaudido su talento, que habían prometido lealtad y apoyo? La industria que una vez lo había ensalzado, ahora lo dejaba caer sin miramientos, temerosa de mancharse con el escándalo que lo rodeaba.

Adrián miraba su reflejo en el espejo del pequeño apartamento que ahora era su prisión temporal, buscando en sus propios ojos alguna señal de aquel triunfante pianista que había sido. Pero lo único que veía era la imagen de un hombre atrapado en la tormenta perfecta, luchando por no ahogarse en las olas de desesperación que amenazaban con consumirlo.

***

Gabriela revoloteaba alrededor de la sala con el teléfono en mano, la luz de la pantalla iluminaba su rostro con cada nueva actualización que deslizaba con el dedo. Las noticias continuaban propagándose como reguero de pólvora en el digitalizado universo de los chismes en línea, donde los rumores y las verdades a medias cobraban vida propia.

Con la tez pálida por el impacto de las últimas noticias, se acercó a su madre, el teléfono temblando en sus manos. "Mamá, no vas a creer lo que está pasando," susurró, su voz apenas un hilo trémulo reflejando la devastación que sentía por la noticia que acababa de recibir.

Laura, con la serenidad que solo poseen las almas que han visto y soportado tempestades familiares, acogió la noticia con un silencio reflexivo. No había habido tiempo para procesar, mucho menos para asimilar la vorágine informativa, cuando el eco de los pasos de Pablo resonó en el corredor.

Pablo entró en la habitación como una tormenta, su presencia demandaba atención y su rostro, surcado por la ira, presagiaba la tempestad que estaba por desatar. "¡Es un escándalo! ¿Ven lo que trae ese... ese músico a nuestra familia? Valeria es la culpable de todo esto. Le advertí que ese no era hombre para ella" Su voz, dura como el granito, dejó claro que para él, Adrián no era más que un punto negro en la reputación familiar. Los ojos de Gabriela se engrandecieron al escucharlo, temerosa de su ira.

Laura, cuyo corazón pendía de un hilo ante el bienestar de su hija, intentaba encontrar palabras que pudieran ser un bálsamo o al menos un escudo contra la inminente arremetida de su esposo. "Pablo, por favor, calma... Seguro que hay una explicación razonable. Valeria estará destrozada," respondió con una voz temblorosa que buscaba desesperadamente la comprensión.

"¡No hay explicación posible! ¡Este... fiasco pone en evidencia lo que siempre he dicho!" Pablo se paseaba de un lado a otro, cada palabra estaba impregnada de su desdén por Adrián.

Gabriela, aún con los ojos pegados a su teléfono, murmuró, "Esto va a ser tendencia, es un desastre absoluto."

Laura, con la determinación de quien sabe que está en medio de un fuego cruzado, se levantó. "Voy a llamar a Valeria, ella necesita saber que estamos aquí para ella."

"¡Ni una palabra más en defensa de ese sinvergüenza!" estalló Pablo, su rostro encendido por el fervor del desdén que sentía hacia Adrián. "No quiero escuchar más excusas ni suposiciones insensatas. ¡Es un criminal, un parásito! ¡Y. lo peor es que lo hemos tenido bajo nuestro techo, contaminando con su presencia a nuestra familia!"

Laura se estremeció ante la dureza de las palabras de su

esposo, temiendo el impacto que tendrían en el corazón ya herido de Valeria.

Con cada palabra, la rabia de Pablo se hacía más evidente, sus ojos centelleantes con el fuego de la indignación. "Tienes que hacerle ver a Valeria la clase de escoria con la que se ha mezclado. Es un malhechor, y no permitiré que ese... ese hijo de puta arrastre el nombre de nuestra familia por el lodo."

El aire se volvió pesado, cargado de tensión. Laura se quedó de pie, el teléfono en la mano, sabiendo que la llamada que estaba a punto de hacer sería una de las más difíciles de su vida.

La noticia había caído sobre la familia como un cielo que de repente se oscurece presagiando tormenta. Laura, con el corazón agitado y el semblante pálido, marcó el número de Valeria.

"Valeria, cariño..." empezó Laura, con un hilo de voz que luchaba por mantenerse firme.

"Mamá, no puedo... no puedo creer que esto esté pasando," sollozó Valeria al otro lado del teléfono, su dolor era tan palpable que Laura sentía como si cada lágrima de su hija cayera también sobre su propia piel.

"Hija, sé que esto es difícil, pero..." Laura hizo una pausa, buscando las palabras adecuadas, "¿es posible que... que el amor te haya cegado y no hayas visto quién es Adrián realmente?"

Esa insinuación fue la chispa que encendió la pólvora del temperamento de Valeria. "¡No, mamá! ¡No es así!" exclamó Valeria con una vehemencia que la sacudía entera, "Yo conozco a Adrián, él no es lo que están diciendo. No sé cómo ha pasado esto, pero hay una explicación. ¡Tiene que haberla!"

Laura escuchó, el corazón oprimido. Sabía que la fe de Valeria en Adrián era inquebrantable, una fortaleza erguida en medio de la incertidumbre. "Entiendo que confíes en él, Valeria, pero debemos ser cautelosos. Las apariencias..."

"¡Basta, mamá!" interrumpió Valeria, y Laura pudo escuchar cómo su hija luchaba por respirar entre sollozos. "Adrián no merece esto. ¡No después de todo lo que hemos pasado juntos!"

La conversación se transformó en un torbellino de emociones, con Valeria defendiendo a Adrián con la ferocidad de quien defiende su propio honor, y Laura intentando envolverla en un abrazo protector a través de las ondas del teléfono. Sin embargo, ninguna podía negar la realidad que se cernía sobre ellos, una sombra que amenazaba con devorar la luz de su felicidad. Las palabras de aliento de Laura se mezclaban con las de duda, mientras que Valeria se aferraba a su convicción, una isla en medio del caos, negándose a ser tragada por un torrente de acusaciones que inundaba su mundo.

CAPITULO 13: LA VERDAD Y LA MENTIRA

El siguiente día la escena se sitúa en un set de televisión deslumbrante, con luces que titilan y centellean reflejando la expectación del público. La presentadora espera pacientemente su señal antes de mirar a la cámara con fingida simpatía.

Presentadora: "Bienvenidos de nuevo a 'Secretos a la Luz'. En el centro de un escándalo sin precedentes, hoy tenemos a una invitada exclusiva que dice tener información clave sobre el reciente arresto del aclamado pianista Adrián García. Aquí con nosotros, la señorita Mariana Vélez."

La cámara hace un barrido hacia una mujer de mirada confiada y sonrisa provocativa, que se acomoda en el sofá como si fuese su propio trono.

Mariana: "Gracias por recibirme, Sandra. Es un placer estar aquí."

Presentadora: "Mariana, has afirmado que tu relación con Adrián García es... íntima, ¿podrías contarnos más?"

Mariana: "Por supuesto. Adrián y yo nos conocemos desde hace tiempo. Hemos compartido momentos que... bueno, no son solo de amigos."

Presentadora: "¿Estás sugiriendo que eras su amante?"

Mariana: (con un gesto de falsa modestia) "No me gusta esa palabra, pero no puedo negar que entre nosotros había fuego."

La audiencia murmura, y la cámara captura sus rostros de choque y fascinación.

Presentadora: "Esto es muy serio, Mariana. ¿Tienes pruebas de lo que dices?"

Mariana: "Bueno, Sandra, no llevaba un diario, si es lo que preguntas. Pero, ¿realmente necesitamos pruebas cuando el corazón habla?"

Presentadora: "¿Y qué dices sobre las acusaciones contra él? ¿Crees que Adrián es capaz de traficar drogas?"

Mariana: "El Adrián que yo conocí era apasionado y... sí, un poco temerario. Pero no un criminal. Aunque, quién sabe... la gente cambia, especialmente bajo presión."

Presentadora: "Entonces, ¿por qué hablar ahora? ¿Por qué venir a la luz con esta historia?"

Mariana: "Creo que es importante mostrar que Adrián no es el santo que todos piensan. La verdad siempre encuentra su camino, ¿no es así?"

La presentadora asintió, dando por terminada la entrevista con un gesto teatral.

Presentadora: "Gracias, Mariana, por tu valentía al compartir tu verdad. Y a ustedes, nuestros espectadores, les dejamos la pregunta: ¿Qué más hay detrás del caso de Adrián García? No se pierdan nuestras actualizaciones. Hasta la próxima en 'Secretos a la Luz'."

La escena se cerró con aplausos del público y una sonrisa complaciente de Mariana, mientras la duda y el chisme se esparcían por las redes sociales. Valeria, sentada frente al televisor, se quedó paralizada, una mezcla de incredulidad y devastación se apoderó de ella. Sentía como si el suelo se abriera bajo sus pies, cada palabra de

Mariana era como una puñalada en su corazón.

Con la mente aún en un torbellino, Valeria agarró el teléfono y marcó el número de Adrián. "Adrián, acabo de ver ese escandaloso programa, 'Secretos a la Luz'. ¿Qué está sucediendo? No lo entiendo. Una mujer dice ser tu amante." La voz de Valeria temblaba, sus palabras colgaban en el aire como cristales a punto de romperse.

Hubo una pausa antes de que Adrián pudiera responder, el silencio era un telón pesado entre ellos.

"Yo también acabo de verlo. No sé quién es esa mujer. Nunca la he visto en mi vida." La firmeza en la voz de Adrián chocaba contra la marea de incertidumbre que ahogaba a Valeria.

"Pero hablaba como si te conociera íntimamente," insistió ella, la incredulidad tiñendo su voz, "y después de todo lo de la droga... Es humillante. Me averguenza ir al trabajo o hablar con mis amistades"

"Humillante y falso." Adrián mordió la palabra con una mezcla de ira y desesperación. "Estoy atrapado en una pesadilla y no sé cómo despertar."

Valeria se hundió en el sofá, apretando el teléfono contra su oído como si pudiera extraer la verdad de él. "Nunca imaginé... Nunca pensé que algo así podría pasarnos."

"Yo tampoco lo imaginé. Pero aquí estamos." La voz de Adrián era un susurro triste, un hilo de esperanza en la creciente oscuridad. "Y te necesito a mi lado, ahora más que nunca."

El llanto de Valeria fue el único sonido durante un largo momento. "¿Cómo podemos enfrentar esto?"

Adrián cerró los ojos, deseando poder consolarla con

más que solo palabras. "Juntos," dijo finalmente. "Nos enfrentaremos a esto juntos."

"Quiero creerte... y parte de mí lo hace, pero..." Valeria se detuvo, la duda era un nudo en su garganta.

"Está bien tener dudas. Yo también las tendría," admitió Adrián, su corazón pesado ante la idea de su amada atormentada por tales pensamientos.

"Hablemos más tarde; necesito tiempo para procesar esto." Valeria apenas reconoció la frialdad de su propia voz.

"Por supuesto. Te llamaré más tarde." Adrián se aferraba a la conexión frágil que tenían, temiendo que cada palabra pudiera ser la última.

***

El sol apenas comenzaba a despedir sus primeros destellos cuando un insistente toque interrumpió el sueño de Adrián. Se frotó los ojos con incredulidad al ver la silueta de Pablo a través de la mirilla de la puerta. Con el corazón palpitando en la garganta, giró la manija y se encontró frente a frente con el padre de Valeria.

“¿Qué hace aquí?” La voz de Adrián apenas fue un susurro ronco, la sorpresa claramente dibujada en su rostro.

“Tenemos que hablar.” Sin esperar respuesta, Pablo invadió el cuarto, su presencia tan imponente como el sentimiento de intranquilidad que lo seguía.

Adrián cerró la puerta detrás de él, aún sin procesar completamente la visita inesperada. “¿De qué tenemos que hablar?” replicó, intentando que su tono no delatara el desasosiego que crecía en su interior.

Pablo se detuvo en el centro de la habitación, sus

ojos barrían el espacio como si buscaran respuestas escondidas entre las sombras matinales. "Tienes que dejar a Valeria," dijo finalmente, clavando su mirada en Adrián. "Le has destruido su vida y su futuro conmigo y en su carrera. No podrá salvar su trabajo si esto continúa."

La sinceridad en las palabras de Pablo era como un puñal para Adrián. "Lo siento, no sabe cuánto lo siento, jamás pensé causarle esto." Su voz temblaba, cada palabra era un esfuerzo.

"¿Qué intentas hacer?" La pregunta de Pablo era un látigo, exigente y fría.

"Defenderme. Soy inocente de todo." Adrián se aferraba a esa verdad como a un clavo ardiendo.

"Me refiero a Valeria. ¿Qué puedes ofrecerle? No creo tengas más futuro en la música y te darás por dichoso si no terminas en la cárcel."

Las palabras de Pablo golpearon a Adrián con la fuerza de una tormenta. "No sé qué hacer. Tengo que pensarlo."

"Hazlo, y hazlo lo más pronto posible. Ella no merece esto. Si necesitas dinero o ayuda legal, te la puedo proporcionar." Pablo extendió su oferta con la frialdad de un contrato sin sentimientos.

Adrián sacudió la cabeza, su orgullo aún intacto. "De usted no quiero nada."

Pablo suspiró, un gesto que insinuaba tanto resignación como última advertencia. "Como quieras. Piensa en lo que hemos hablado." Y sin otro comentario, se marchó del cuarto, dejando tras de sí un pesado silencio y un corazón lleno de dudas.

***

La tarde había cedido ante la penumbra de la noche cuando el teléfono de Valeria comenzó a vibrar sobre su mesita de noche. Las últimas horas habían sido un torbellino de emociones y pensamientos confusos, y la esperada llamada de Adrián solo añadía una capa más de ansiedad a su ya agitada existencia.

Con manos temblorosas, deslizó su dedo por la pantalla y acercó el teléfono a su oído. Su corazón latía al unísono con cada tono de marcado, hasta que finalmente, la voz de Adrián resonó al otro lado.

"Valeria, necesito hablar contigo," dijo él, su voz era un murmullo cansado, derrotado.

Ella se sentó, su espalda recta contra el cabecero de la cama, intentando prepararse para lo que fuera que Adrián tuviera que decir. "¿Qué pasa, Adrián? ¿Estás bien?"

"Hay cosas que debo confesarte," empezó él, y Valeria sintió un nudo formarse en su garganta. "He estado ocultándote verdades sobre mí... verdades que no puedo seguir guardando."

Valeria frunció el ceño, confundida y asustada. "No entiendo, ¿de qué verdades hablas?"

Adrián hizo una pausa, y en ese vacío, Valeria sintió cómo su mundo comenzaba a desmoronarse. "He... he estado envuelto en cosas de las que me arrepiento amargamente," confesó, su voz apenas un susurro torturado por la mentira que estaba a punto de decir.

"No solo he estado viéndome con otra persona," continuó Adrián, sintiendo cómo cada palabra lo alejaba más de la única verdad que quería aferrarse, "sino que... también me han acusado de tráfico de drogas." Su corazón se estrujaba al fabricar la historia, cada sílaba una traición a lo que realmente sentía. "Y no son solo acusaciones," mintió con la esperanza de liberar a Valeria de la carga que su presencia había traído a su vida. "Esto ha estado sucediendo por un tiempo."

El silencio de Valeria era ensordecedor, una quietud cargada de desolación y desconcierto. ¿Cómo podía ser el hombre en el que había depositado su confianza, su amor y sus sueños, un desconocido capaz de tales actos?

"No," fue lo único que Valeria pudo decir al principio, una negación silenciosa que se suspendió en la quietud de su habitación.

"Lo siento mucho, Valeria," continuó él, con la voz quebrada por la emoción. "Lo siento por todo el dolor que te estoy causando. Nunca quise lastimarte. Tú mereces alguien mejor, alguien que pueda darte la vida que mereces."

Las palabras de Adrián cayeron sobre Valeria como cascadas heladas, cada sílaba golpeándola con la brutalidad de una verdad que se negaba a aceptar. "Pero... pero dijiste que me amabas, me lo mostrabas" logró decir, su voz apenas un susurro entre sollozos.

"Y lo hice," afirmó él, cerrando los ojos para repeler las lágrimas que amenazaban con escapar. "Y por eso mismo... por ese amor, tengo que dejarte ir. Porque amarte también significa no arrastrarte a mi caos. Te deseo toda la felicidad del mundo, Valeria."

El silencio que siguió fue un abismo entre ellos, un espacio donde antes residían promesas y sueños. "¿Es eso todo lo que tenías que decir?" preguntó Valeria, su voz era un hilo frágil de dolor y incredulidad.

"Sí," susurró él. "Es lo mejor para los dos."

Con un último adiós, la línea se cortó, dejando a Valeria con el sonido del silencio y el peso de una despedida que nunca esperó tener que escuchar. Las lágrimas fluyeron libremente mientras la oscuridad de la noche parecía consumir todo a su alrededor.

CAPITULO 14: EL ATARDECER DE UN SUEÑO

La decisión de Gabriela de mudarse con Valeria se tomó en un impulso de compasión fraternal, nacido del deseo de estar al lado de su hermana en los momentos más oscuros. No había sido planeado ni discutido; simplemente, Gabriela había aparecido un día con maletas en mano, decidida a ser el faro que guiaría a Valeria a través de la densa neblina de la adversidad.

El apartamento de Valeria, que antes resonaba con los ecos de una soledad impuesta, se llenó de repente con la energía vivaz de Gabriela. Era más que una compañía casual; era una afirmación silenciosa de que Valeria no tendría que enfrentar las secuelas de las acusaciones contra Adrián y el agrio fin de su relación por sí misma.

Gabriela se instaló en la habitación de invitados, convirtiendo el espacio en su pequeño dominio personal. Con cada gesto y cada sonrisa, recordaba a Valeria que la vida seguía adelante, que fuera de las cuatro paredes de su apartamento el mundo esperaba con nuevas oportunidades y quizás, con el tiempo, con un nuevo comienzo.

La compañía de Gabriela era un bálsamo, pero no una cura. Porque a pesar de sus esfuerzos, Valeria se veía a sí misma como un barco atrapado en una tormenta que había pasado pero que aún sentía sus olas. La cicatriz del amor perdido y la traición percibida era todavía demasiado fresca, demasiado dolorosa.

Gabriela traía consigo una frescura y una vivacidad que rompían el hielo de la melancolía. Se movía por el espacio con una energía contagiosa, dejando pequeños rastros de su espíritu libre en cada habitación.

"Vamos, Val, ¡el mundo no se ha detenido! Hay tantos lugares que podríamos explorar, tantas personas interesantes por conocer", decía Gabriela con una sonrisa persuasiva, mientras extendía invitaciones a eventos sociales y pequeñas aventuras urbanas.

Valeria, sin embargo, se encontraba a menudo mirando por la ventana, con la vista perdida en el horizonte urbano, acariciando suavemente la taza de café entre sus manos. "Aún no estoy lista, Gabi", respondía con un susurro, su corazón aún navegaba por las aguas turbulentas del pasado. "Adrián... él todavía está aquí", confesaba, señalando su pecho, justo donde latía el dolor del recuerdo.

***

El timbre del teléfono cortó el silencio de la tarde como un aviso, una intrusión en la burbuja que Gabriela había cuidadosamente construido alrededor de Valeria. Con un suspiro, Valeria lo atendió, ya sabiendo quién estaría del otro lado de la línea antes de siquiera escuchar la familiar voz maternal.

"Valeria, mi amor, ¿cómo estás hoy?" La voz de Laura era tierna pero cargada de una preocupación que no podía ocultar.

"Estoy... estoy bien, mamá," respondió Valeria, aunque su voz temblaba ligeramente, delatando su verdadero estado.

Laura hizo una pausa antes de continuar, eligiendo sus palabras con cuidado. "Escucha, cariño, sé que has estado pasando por mucho. Pero quedarte en ese apartamento, rodeada de recuerdos de Adrián... no creo que sea lo mejor para ti."

Valeria miró alrededor del apartamento, cada rincón un recordatorio del amor que había florecido y luego se había marchitado inesperadamente. "Mamá, este es mi hogar," dijo con un hilo de defensa en su tono.

"Pero es un hogar que compartiste con él, y eso está impidiendo que sanes," insistió Laura. "Volver a casa, aunque solo sea por un tiempo, podría darte un nuevo comienzo. Además, estaríamos juntas, podríamos apoyarte mejor."

Valeria sintió un nudo en su estómago. La idea de abandonar su espacio personal era desalentadora, pero la lógica en las palabras de su madre era difícil de ignorar. Gabriela, que había estado en la cocina, se acercó y puso una mano reconfortante sobre su hombro.

"Quizás mamá tenga razón," murmuró Gabriela, su mirada llena de simpatía. "Un cambio de escenario podría ser... renovador."

Con el corazón pesado pero con la mente abierta a la posibilidad de un cambio que podría curar, Valeria asintió ligeramente, aunque aún no estaba lista para ceder. "Lo pensaré, mamá," dijo finalmente, un compromiso provisional que dejó a Laura con un suspiro de alivio por el otro lado de la línea.

"Piénsalo, querida. Estamos aquí para ti, siempre." La certeza en la voz de Laura era un recordatorio de que, pese a todo, Valeria no estaba sola en su dolor.

La decisión no llegó de repente, sino como el lento cambio de las mareas, una serie de conversaciones y miradas entendidas que culminaron en un encuentro en la oficina de recursos humanos de la compañía donde Valeria había dedicado tanto de su pasión y tiempo.

Sentada frente al gerente de Recursos Humanos, con los últimos rayos del día filtrándose por la ventana, Valeria sintió una mezcla de alivio y resignación. El gerente, un hombre de mediana edad con gafas de montura fina, le extendió un papel que significaba el fin de un capítulo en su vida profesional y, quizás, el comienzo de otro en su vida personal.

"Valeria, esta no es la conversación que esperaba tener contigo," comenzó el gerente, su voz era suave pero firme. "Eres una trabajadora excepcional, pero comprendemos que las circunstancias actuales... son menos que ideales."

Ella asintió, tragándose el nudo que se había formado en su garganta. "Creo que es lo mejor para todos," dijo, su voz un murmullo apenas audible. "Con todo lo que ha pasado, creo que necesito un cambio de ambiente."

"Tu integridad y tu bienestar son lo más importante para nosotros," aseguró el gerente. "Y, por supuesto, las puertas estarán siempre abiertas para ti aquí."

Valeria firmó la renuncia con una mano que no temblaba tanto como esperaba, y entregó la pluma con gratitud. "Gracias por comprender."

Valeria salió de la oficina sintiendo la mirada de algunos de sus ahora excolegas, sus expresiones mezcladas de simpatía y curiosidad. Mientras caminaba por el pasillo por última vez, un peso se levantaba de sus hombros. No era la salida triunfal que había imaginado años atrás, cuando su ambición la empujaba a lograr grandes cosas. Pero era una salida necesaria, un paso hacia un futuro incierto pero que ella debía enfrentar.

Afuera, el cielo se había tornado de un anaranjado crepuscular, el fin del día coincidiendo con el fin de su vida en esa empresa.

El proceso fue gradual, pero la influencia de su madre, Laura, fue tan persistente como las olas que moldean la costa. Cada llamada, cada visita, estaba tejida con la misma preocupación y súplica silenciosa.

En una tarde lluviosa, cuando el cielo parecía compartir la pesadumbre de Valeria, su madre apareció con cajas de cartón y una determinación de hierro.

"Valeria, mira este lugar," dijo Laura, sus ojos recorriendo el apartamento donde cada esquina, cada mueble, evocaba un recuerdo de Adrián. "Es como si te estuvieras aferrando a las sombras de lo que fue. No puedes vivir así."

Valeria, sentada en el sofá, abrazaba una almohada entre sus brazos, como si buscara consuelo en su suave abrazo. "Mamá, este es mi hogar. Mis cosas, mi vida, están aquí."

"Y tu vida seguirá estando donde tú estés," replicó Laura, sentándose a su lado y tomando sus manos entre las suyas. "Tu padre y yo queremos que vuelvas a casa, al menos por un tiempo. Necesitas estar con gente que te ama y te apoya, no encerrada aquí con fantasmas."

Valeria miró hacia las ventanas empañadas, las gotas de lluvia trazando caminos erráticos como sus propios pensamientos. "No sé si puedo enfrentar a todos después de... todo."

"Sé que es difícil, cariño," admitió Laura, apretando las manos de su hija. "Pero esto no es rendirse, es permitirte sanar. Y qué mejor lugar para hacerlo que en casa."

La lógica y el amor que emanaban de las palabras de su madre desarmaron las defensas de Valeria. Era verdad, el apartamento se había convertido en una cárcel de recuerdos, y cada día que pasaba, la soledad se volvía más densa, más pesada.

Con un suspiro que parecía llevarse parte del peso que llevaba encima, Valeria asintió. "Está bien, mamá. Volveré."

Los días siguientes fueron un torbellino de cajas, maletas y decisiones. Valeria observaba mientras su vida era empacada, cada objeto una nota en la sinfonía de su pasado reciente. La decisión de volver a trabajar en la empresa de su padre fue hecha con una mezcla de resignación y gratitud. No era el camino que había elegido, pero era un camino, y en esos momentos, eso era suficiente.

El día que cruzó el umbral de la casa de su infancia, con su madre recibiendo su equipaje y su padre ofreciéndole una sonrisa que no llegaba a sus ojos, Valeria sabía que las cosas nunca volverían a ser como antes. Su nuevo título, vicepresidenta y asistente del gerente general, era un consuelo y una carga, un recordatorio de que, aunque había perdido su rumbo, su familia estaba allí para ofrecerle un nuevo inicio.

La casa de campo de la familia siempre había sido un santuario para Valeria, un lugar donde los problemas de la ciudad y las complicaciones de su vida adulta parecían desvanecerse con el viento que susurraba entre los árboles. Tras su regreso, este rincón de paz se convirtió en su refugio más preciado, un espacio donde podía reconectar con la versión más simple y verdadera de sí misma.

Valeria solía levantarse con el amanecer los días que pasaba en la casa de campo, en ese momento mágico en el que la neblina aún se cernía cerca del suelo y el silencio previo al despertar del mundo creaba un aura de serenidad. Se vestía con ropas cómodas y funcionales, las cuales se amoldaban a su cuerpo permitiéndole la libertad de movimiento necesaria para sus mañanas activas. Con un paso firme pero apacible, se dirigía hacia el establo, donde Estrella, su fiel caballo, la aguardaba con una paciencia que parecía comprender su necesidad de escape y conexión con la naturaleza.

El trote de Estrella sobre los senderos de tierra era el metrónomo que marcaba un tiempo diferente al del resto del mundo, uno que Valeria anhelaba con cada fibra de su ser. Al cabalgar, el viento se llevaba sus pensamientos oscuros, las ramas de los árboles borraban sus preocupaciones, y los campos abiertos le devolvían la sensación de libertad que había perdido.

Durante estas cabalgatas, a veces permitía que las lágrimas fluyeran libremente, dejando que el viento las secara. Otras veces, simplemente se permitía una sonrisa, recordando los días de su juventud cuando la vida parecía una promesa ilimitada.

En esos momentos, con la vastedad del cielo por encima y la firmeza de la tierra bajo Estrella, Valeria encontraba una fortaleza que había olvidado poseer. Cada galope era un paso más hacia la reconciliación con su presente y cada puesta de sol le recordaba que, a pesar de todo, había belleza en el mundo.

Era en el regazo de la naturaleza, abrazada por la tranquilidad de la casa de campo, donde Valeria comenzó a sanar. Allí, entre el verdor y la libertad de los campos, fue feliz. Y con cada día que pasaba, cada carrera a través de los caminos conocidos y los senderos descubiertos, Valeria reconstruía la narrativa de su vida, no como una serie de eventos desafortunados, sino como un tapiz de experiencias que, de alguna manera, la estaban llevando a su destino.

En su oficina, rodeada de papeles y responsabilidades, Valeria se encontraba a menudo perdida en pensamientos. La imagen de Adrián persistía, ineludible, en los momentos más inesperados: mientras revisaba informes, en medio de reuniones, incluso en las pausas entre conversaciones. Cada melodía que alguna vez él había tocado en el piano parecía flotar en el aire, cada nota un suspiro que solo ella podía escuchar. Era una sombra que la seguía, un eco de un amor que se negaba a ser olvidado.

CAPITULO 15: CRUCE DE CAMINOS

La terraza, adornada con luces tenues que parpadeaban como diminutas estrellas caídas del cielo nocturno, era el escenario perfecto para la cena familiar. Mientras se servían los platos, el suave murmullo de la noche se mezclaba con el sonido del tenedor de Pablo golpeando suavemente su copa para llamar la atención.

"Valeria, mi querida hija, me alegra ver cómo te has reintegrado a la empresa con tanto entusiasmo," comenzó Pablo, su voz llenando el espacio abierto y estrellado sobre ellos. A pesar de la vastedad del cielo nocturno, su tono era íntimo, como si las palabras fueran hilos de plata conectando a padre e hija bajo la bóveda celeste.

"Es lo que siempre se esperó de mí, ¿no es así, papá?" respondió con un tinte de enojo y resentimiento en su voz. Sus palabras eran como ecos de una melodía antigua, una canción de deber y destino que había resonado a lo largo de su vida.

La respuesta de Pablo fue un suspiro, una admisión no verbal de la carga que había impuesto sobre los hombros de su hija. "Siempre quise lo mejor para ti, Valeria. Creí que llevarte a la empresa sería darte el mundo."

Valeria bajó la mirada, las palabras de su padre resonando con amargura y tristeza en su corazón. "Pero, papá, ¿alguna vez preguntaste qué mundo quería yo?" Su pregunta colgó en el aire, una estrella fugaz de duda y anhelo cruzando el firmamento de sus pensamientos.

El silencio que siguió fue una respuesta en sí mismo. En la bóveda celeste, las estrellas parecían parpadear con comprensión, testigos de los deseos y los sueños no realizados.

Desde el otro lado de la mesa, iluminada por el cálido resplandor de las velas, Laura observaba la escena. "Y ahora que estás de vuelta, podemos volver a ser la familia unida que una vez fuimos," agregó suavemente, su comentario envuelto en la brisa nocturna.

La conversación fluyó entre ellos como el vino en sus copas, y aunque la sombra de un amor perdido aún se cernía sobre Valeria, la luz de las estrellas parecía ofrecerle un silencioso consuelo. La promesa de un futuro, marcado por la tradición y la responsabilidad, se había asentado sobre sus hombros una vez más.

Semanas más tarde, Valeria observaba con una mezcla de resignación y aprensión cómo su padre y Diego se saludaban con un apretón de manos en el prestigioso club de golf que frecuentaban los fines de semana. Aunque no compartía la alegría evidente de su padre, Valeria sabía que debía mantener las formas.

"Es bueno verte, Valeria", dijo Diego con una agradable sonrisa que no lograba ocultar del todo su incomodidad por la situación.

Valeria asintió, su sonrisa era educada pero distante. "Igualmente, Diego. No esperaba verte aquí hoy."

Su padre interrumpió, un brillo triunfante en sus ojos. "Será agradable tener una ronda de golf los tres juntos, como en los viejos tiempos."

Valeria se mordió el labio, conteniendo su frustración. "Sí, será agradable", replicó con un tono que sugería todo lo contrario.

El juego comenzó con una tensión palpable que se disipaba poco a poco con cada hoyo. Diego, con su carisma natural, lograba suavizar el ambiente. Contaba anécdotas divertidas y se mostraba genuinamente interesado en el bienestar de Valeria.

"Realmente te has superado en el trabajo, según me ha dicho tu padre. Estoy impresionado", comentó Diego mientras se preparaban para el siguiente tiro.

Valeria, cuyo swing era tan preciso como sus pensamientos, se permitió una sonrisa genuina. "Gracias, Diego. Ha sido un desafío, pero lo estoy disfrutando."

A medida que avanzaban por el campo, la familiaridad de la compañía de Diego y su presencia constante pero no invasiva empezaban a hacer mella en las defensas de Valeria. Sin embargo, la sombra de las intenciones no declaradas de su padre planeaba sobre ellos, impidiendo que Valeria se relajara del todo.

Al terminar la ronda, mientras compartían una comida en el club, Valeria no pudo evitar preguntar, "Diego, ¿mi padre te habló sobre venir hoy?"

Diego dejó su tenedor sobre el plato y la miró a los ojos. "Lo hizo, y aunque dudé en venir, no podía rechazar la oportunidad de verte. Siempre disfruto de tu compañía."

Valeria se inclinó levemente hacia adelante, su mirada fija en la de Diego. 'Aprecio tu sinceridad y, ciertamente, disfruto de nuestra amistad, pero espero que entiendas que eso es todo lo que hay entre nosotros', dijo con un tono firme que, aunque cortés, dejaba entrever su enojo por la situación que su padre había orquestado.

"Entiendo, Valeria." dijo, su voz contenía una mezcla de pesar y aceptación. La sombra del árbol bajo el cual estaban sentados jugaba sobre su rostro, ocultando y revelando sus emociones como las hojas al viento. Comprendía que este no era el momento para tratar de reconquistarla.

Valeria le ofreció una sonrisa débil, agradecida por su comprensión pero aún protegiendo el espacio alrededor de su corazón herido. "Hablemos de algo más... ¿cómo va tu nuevo proyecto?" sugirió, señalando hacia la carpeta que Diego había dejado sobre la mesa.

Diego siguió la dirección de su mirada y se animó al cambiar de tema. "Ah, sí, déjame contarte sobre eso," comenzó, y por un momento, la sombra de lo que no podía ser se disipó bajo el cálido sol de la tarde.

Pablo observaba la interacción entre ellos desde su lado de la mesa, con una expresión que no revelaba sus pensamientos. Albergando la esperanza de que el tiempo pudiera reavivar viejos sentimientos entre ellos. Se distrajo momentáneamente con el movimiento en el campo de golf, donde un jugador se preparaba para su próximo golpe. El silencio se hizo tenso por un instante, solo roto por el sonido del swing, el golpe sordo de la pelota y los murmullos distantes de otros jugadores.

Los tres permanecieron en el club de golf hasta bien entrada la noche, disfrutando de la compañía mutua en un ambiente relajado y distendido. Mientras las estrellas comenzaban a brillar en el cielo, la conversación fluyó libremente, acompañada de risas y recuerdos compartidos. Las luces suaves del club iluminaban sus rostros, creando un ambiente cálido y acogedor.

Entre sorbos de sus bebidas y charlas animadas, Valeria, Diego y Pablo hablaban de todo, desde anécdotas del pasado hasta planes y sueños para el futuro. Aunque la relación entre Valeria y Diego había cambiado, la amistad y el respeto mutuo permanecían intactos, formando la base de su interacción.

El tiempo parecía detenerse mientras compartían historias y se sumergían en la tranquilidad de la noche. La música suave del club de golf, mezclada con el sonido ocasional de la brisa nocturna y el murmullo lejano del océano, proporcionaba una banda sonora perfecta para la velada.

Pablo, por su parte, observaba la dinámica entre Valeria y Diego con un aire pensativo, todavía albergando la esperanza de un cambio en el futuro.

Finalmente, con la noche avanzando y la luna alta en el cielo, decidieron que era hora de despedirse. Se levantaron de sus asientos, intercambiando promesas de mantenerse en contacto. A pesar de los desafíos y los cambios en sus vidas, la noche había reafirmado los lazos de cariño y amistad que los unían.

***

Diego, con una mezcla de esperanza y determinación, trataba de reconquistar el amor de Valeria a través de gestos cuidadosamente planeados y constantes. Cada mañana, el vestíbulo de la casa de Valeria amanecía impregnado del aroma de rosas frescas, meticulosamente elegidas por su fragancia y belleza. Y casi como un ritual, las cajas de bombones de chocolate belga, seleccionados con un gusto exquisito, encontraban su camino hacia ella, cada uno un silencioso testimonio de su persistente afecto y admiración.

Una noche, mientras Valeria se encontraba en la biblioteca, el tintineo del teléfono la sacó de su lectura.

"Valeria, soy Diego. Espero no interrumpir, pero me preguntaba si te gustaría acompañarme a la gala benéfica este fin de semana. Creo que será una noche encantadora," dijo Diego, su voz calmada transmitía una confianza que bordeaba la presunción.

Valeria suspiró antes de responder. "Gracias por la invitación, Diego. Será un placer asistir contigo," respondió, su voz era cortés pero distante.

El recuerdo del evento benéfico donde conoció a Adrián golpeó a Valeria con una oleada de nostalgia. La gala, que una vez había sido un escenario de emociones desbordantes y descubrimientos inesperados, ahora parecía un eco lejano de un pasado que no podía recuperar. La invitación de Diego, aunque gentil y bienintencionada, solo sirvió para abrir viejas heridas que ella había intentado curar.

Valeria se encontró caminando sin rumbo por la sala de estar, cada paso resonando con los ecos de un amor perdido. Las paredes, adornadas con fotografías y obras de arte, parecían observarla en silencio, testigos mudos de su dolor interno. Al pasar por un espejo, se vio reflejada en él: una mujer cuyo exterior reflejaba compostura y éxito, pero cuyos ojos revelaban una tristeza profunda e insondable. Las lágrimas comenzaron a formarse en sus ojos, brotando de un manantial de recuerdos y sueños rotos. Se dejó caer en el sofá, permitiendo que el llanto liberara el dolor que había estado guardando. Con cada lágrima que caía, Valeria se permitía sentir la profundidad de lo que había perdido, el amor puro y apasionado que había compartido con Adrián. En la soledad de la sala, se permitió llorar por el pasado, por el amor que fue y por el futuro que nunca sería.

***

A medida que los días se convertían en semanas, la presencia de Diego se hizo más constante, casi como un faro en la inestabilidad emocional de Valeria. Era difícil para ella negar la tranquilidad y el apoyo que le brindaba su compañía, un bálsamo en los momentos en que la soledad y los recuerdos de Adrián se hacían abrumadores.

Diego, con su naturaleza atenta y cuidadosa, parecía entender intuitivamente cuándo necesitaba espacio y cuándo necesitaba un hombro en el cual apoyarse. Sus conversaciones, aunque a menudo carecían de la pasión de sus encuentros con Adrián, tenían una calidad calmante, como las aguas de un lago tranquilo después de una tormenta.

Valeria se encontraba atrapada en un vaivén emocional, donde los recuerdos de Adrián se mezclaban con la seguridad y estabilidad que Diego ofrecía. Era un conflicto interno que la desgarraba: el anhelo de lo que había sido y la realidad de lo que ahora estaba frente a ella. Diego, por su parte, parecía decidido a demostrar que podía ser el puerto seguro que Valeria necesitaba, incluso si eso significaba esperar pacientemente a que las aguas de su corazón se calmaran.

Una tarde en la casa de campo, mientras recorrían los senderos donde Valeria había cabalgado tantas veces con Estrella, Diego encontró el momento adecuado para tomar su mano. Lo hizo con delicadeza, buscando un contacto que fuera reconfortante y seguro. Valeria, sorprendida al principio, no retiró su mano. La calidez y firmeza del agarre de Diego eran un bálsamo, un recordatorio silencioso de que había diferentes formas de amor y cariño.

La relación con Diego había comenzado a florecer en algo más profundo y significativo. No era la pasión tumultuosa que había experimentado con Adrián, sino un afecto tranquilo y constante. Diego se había convertido en un pilar de estabilidad y comprensión para ella.

CAPITULO 16: ENTRE SOMBRA Y LUZ

En las semanas previas al juicio, la tensión era palpable en el aire. Adrián, acostumbrado a la armonía de las teclas del piano, se encontraba ahora inmerso en una cacofonía de incertidumbre y miedo. La posibilidad de pasar hasta 20 años en prisión lo acosaba día y noche.

Bellini, su abogado, se movía con una confianza que rozaba la arrogancia. "No te preocupes, Adrián," le aseguraba en sus encuentros. "No irás a la cárcel. Te lo garantizo."

El fiscal, Salvatore, era un hombre astuto, un rival digno en la corte. La relación entre él y Bellini era una mezcla de respeto profesional y rivalidad intelectual. Una semana antes del juicio, Bellini decidió visitar a Salvatore en su oficina, esperando poder resolver el caso sin necesidad de llegar a un costoso y largo enfrentamiento en la corte. A veces, con resultados impredecibles.

"Salvatore, gracias por recibirme," comenzó Bellini, manteniendo un tono cordial.

"Siempre es un placer, Bellini. ¿Qué te trae por aquí?" respondió Salvatore, con una sonrisa que no llegaba a sus ojos.

Bellini fue directo al grano, su voz llevaba un tono de certeza inquebrantable. "No tienes caso contra García. Vas a perder, y ambos lo sabemos." En su mente, Bellini repasaba los detalles del caso, convencido de la inocencia de su cliente y de las debilidades en la acusación.

Salvatore, con una sonrisa de suficiencia que apenas ocultaba su inseguridad, se rió con desdén. "No lo creo así. Si confiesa, puedo pedir solo seis años de condena por ser su primer ofensa," dijo, aunque en el fondo, una duda le roía. Había construido su carrera en casos sólidos y victorias claras, y este caso empezaba a parecerle menos firme de lo que había pensado.

"¿Confesar? ¿Por algo que no hizo? No seas ridículo, Salvatore. Mi cliente es inocente y tú lo sabes. Lo arrestaron sin tener posesión de las drogas, algo estúpido, ¿no crees? Además... ¿no te has hecho preguntas sobre esa llamada? Anónima, para rematar. Algo huele mal aquí," continuó Bellini, su voz firme y su mirada penetrante. Sabía que había tocado un punto sensible, y no estaba dispuesto a ceder.

Salvatore frunció el ceño, sintiendo cómo el suelo se deslizaba bajo sus pies. Mientras contemplaba las notas dispersas sobre su escritorio, la realidad del caso se le hizo más evidente. A pesar de su exterior confiado, sabía que Bellini tenía razón; el arresto de Adrián había sido apresurado, más un movimiento impulsivo que una acción meditada. Ahora, ese impulso amenazaba con desmoronar todo el caso y su reputación junto con él.

En el silencio de su oficina, Salvatore se encontraba en un punto de inflexión. La decisión que tomara en ese momento no solo afectaría el destino de Adrián García, sino que también podría marcar el rumbo de su propia carrera. La duda y la incertidumbre se entrelazaban con sus pensamientos, mientras las palabras de Bellini resonaban en su mente, exponiendo las grietas de un caso que, hasta ese momento, había considerado sólido.

Además, estaba el hecho innegable de que Adrián García era un hombre ejemplar, un artista respetado y querido, cuya conducta siempre había sido intachable. Nunca había tenido problemas con la ley; su vida estaba dedicada a la música y la enseñanza, no al oscuro mundo del tráfico de drogas. Salvatore se pasó una mano por el cabello, sintiendo el peso de la responsabilidad. Un error judicial contra un hombre de tal reputación no solo sería una injusticia, sino que también dañaría su propia carrera a la larga.

Adrián había cooperado plenamente durante la investigación, mostrando una actitud colaborativa y transparente. No había intentado huir ni ocultar evidencia; más bien, había abierto las puertas de su vida para probar su inocencia.

Salvatore sabía que llevar este caso a juicio sería arriesgado. Con cada minuto que pasaba, la idea de un fracaso en la corte se hacía más tangible. Finalmente, con un suspiro resignado, tomó una decisión. Era hora de admitir que, en esta ocasión, la prisa por un arresto espectacular había llevado a un grave error.

"Deja que lo piense hasta mañana, Bellini," dijo finalmente, con un tono que revelaba su conflicto interno. "Pero no creo que pueda ofrecerte algo mejor."

Bellini asintió, sabiendo que había logrado hacer tambalear las convicciones del fiscal. Se levantó de la silla con una sonrisa contenida y salió de la oficina, sintiendo que la justicia estaba a punto de prevalecer.

Al día siguiente, justo como Bellini lo había anticipado, la llamada tan esperada finalmente llegó. Era Salvatore al otro lado de la línea, con una voz que no podía ocultar su resignación. "Bellini, hemos decidido retirar todos los cargos contra Adrián García. No hay suficientes pruebas para sostener el caso," anunció.

Bellini, manteniendo su profesionalismo, ocultó la oleada de alivio que le recorría. "Es una decisión sabia, Salvatore," respondió con una calma que apenas disimulaba su satisfacción.

Colgando el teléfono, Bellini se permitió un breve momento para saborear la victoria. La justicia había prevalecido, y su reputación como abogado defensor había crecido aún más con este caso resonante. Ahora le tocaba compartir las buenas noticias con Adrián, quien aguardaba impaciente en su oficina. Se imaginó la alegría y el alivio que sentiría Adrián al escuchar la noticia, el fin de una pesadilla que había durado demasiado tiempo. La satisfacción de haber hecho lo correcto, de haber defendido con éxito a un inocente, añadía un peso gratificante a su logro profesional.

Con una sonrisa que rara vez se permitía en su rostro, Bellini se levantó de su escritorio y caminó hacia la oficina donde Adrián lo esperaba, listo para devolverle a un hombre inocente su libertad y su futuro.

"Te tengo excelentes noticias," comenzó Bellini con una voz que no podía ocultar su alegría.

Adrián recibió la noticia de la retirada de los cargos con un alivio que se manifestó en un suspiro profundo y prolongado. "No sé cómo agradecerte, Bellini," dijo, su voz cargada de gratitud genuina.

"No tienes que agradecerme, Adrián. Fue un placer demostrar tu inocencia," dijo Bellini, su sonrisa era sincera y tranquila. Podía ver el alivio y la gratitud en los ojos de Adrián, y eso le proporcionaba una satisfacción que iba más allá de cualquier pago monetario.

“Te debo dinero, que no tengo en este momento. No puedo pagarte, pero lo haré tan pronto como comience a trabajar de nuevo,” dijo Adrián, su voz mostrando preocupación. Su mirada se desvió hacia el suelo, una mezcla de vergüenza y determinación en su rostro. La injusticia que había sufrido le había quitado no solo su libertad, sino también su capacidad para ganarse la vida.

"Escucha, te conozco lo suficiente para saber que eres un hombre de talento y honor. No dejes que esto defina tu futuro. Y no te preocupes por el dinero. Te prestaré lo que necesites hasta que te reestablezcas. Considera esto como un voto de confianza en tu futuro," aseguró Bellini, su voz era firme y llena de convicción. Sabía que Adrián se recuperaría, que volvería a encontrar su lugar en el mundo, y quería ser parte de esa resurrección.

"Te lo devolveré, cada centavo," prometió Adrián, levantando la mirada para encontrarse con la de Bellini. Había una nueva luz en sus ojos, un reflejo de la esperanza y la determinación que ahora sentía.

"Lo sé," dijo Bellini con una sonrisa afectuosa. "Ahora ve y reconstruye tu vida. Tienes mucho que ofrecer al mundo." Se levantó de su silla, extendiendo su mano hacia Adrián en un gesto de camaradería y apoyo. Sabía que Adrián haría grandes cosas, y se sentía honrado de haber jugado un papel, aunque pequeño, en la restauración de su vida.

Adrián asintió, un nuevo sentido de propósito brillando en su mirada. Se levantó, estrechó la mano de Bellini y se despidió de él afectuosamente.

Al alejarse de la oficina de Bellini, las calles de la ciudad le parecían diferentes. Había un aire de posibilidad en cada esquina, una sensación de renovación. Pero, a pesar de este nuevo comienzo, su mente inevitablemente se desviaba hacia Valeria. El recuerdo de ella era como una melodía persistente, dulce pero ahora melancólica, que resonaba en las profundidades de su ser.

Mientras caminaba, su mente revivía cada momento compartido con ella: sus risas, sus conversaciones, los sutiles toques de sus manos. Estos recuerdos eran tesoros que guardaba celosamente en su corazón, pero también eran espinas de una rosa que ya no podía tocar. Valeria había sido más que un amor pasajero; había sido una conexión profunda, una compañera de alma que había entendido y compartido sus sueños y pasiones.

A pesar de la libertad recién obtenida y la oportunidad de reconstruir su vida, la ausencia de Valeria dejaba un hueco que ninguna alegría podía llenar completamente. Se preguntaba dónde estaría ahora, cómo estaría. La idea de que ella continuara su vida, posiblemente feliz y sin él, era una mezcla agridulce de alivio y dolor.

Adrián se detuvo frente a un parque que le evocó recuerdos de Valeria. Las sendas y los bancos, aunque distintos, le recordaban los momentos que compartieron en su rincón secreto. Miró las sendas por las que caminaban otros, resonando con ecos de risas y conversaciones ajenas, y se dejó sumergir en los recuerdos de las tardes y mañanas de felicidad compartidas con ella.

"Valeria," susurró para sí mismo, su voz apenas un susurro llevado por el viento. En este parque ajeno, cada árbol y cada flor parecían recordarle el parque donde su amor había florecido. "Siempre serás una parte de mí," continuó, su voz cargada de un anhelo inextinguible.

Era como si cada rincón de este lugar le hablara de ella, de lo que una vez tuvieron. Sabía que debía avanzar, dejar atrás los recuerdos y enfrentar el futuro, pero en ese momento, permitió que la nostalgia lo envolviera. En este parque, que no era su parque pero que compartía la misma esencia de tranquilidad y belleza, Adrián se permitió un momento de reflexión, un adiós silencioso a lo que pudo haber sido y no fue. Sabía que tenía que dejarla ir, pero en su corazón, Valeria siempre tendría un lugar especial.

Con un último suspiro, una despedida silenciosa a las memorias que persistían en su corazón, Adrián giró y siguió su camino. Caminaba hacia un futuro incierto, lleno de nuevas melodías y esperanzas, pero llevando consigo el eco de un amor que, aunque perdido, nunca sería olvidado.

***

Gabriela, siempre atenta a las últimas actualizaciones en las redes sociales, descubrió la impactante revelación de que todos los cargos contra Adrián habían sido retirados. Sin perder tiempo, decidió llamar a su hermana Valeria. Con ansias de que Valeria estuviera al tanto, su dedo presionaba repetidamente el botón de llamada en su teléfono, mientras una mezcla de nerviosismo y urgencia se reflejaba en sus movimientos.

"Valeria no está disponible en este momento. Está en una reunión importante con los gerentes de los distintos departamentos", informó su secretaria con un tono profesional, aunque algo aprehensiva.

"Es urgente, tienes que interrumpirla", insistió Gabriela,

su voz adquiriendo un tono más insistente, sus palabras saliendo casi en un torrente debido a la ansiedad.

La secretaria, titubeando, recordaba que Valeria había sido enfática en no ser molestada. "¿Estás segura de que no puede esperar?", preguntó, intentando medir la gravedad de la situación.

"Sí, es de suma importancia. Por favor, díselo ahora", respondió Gabriela, su inquietud aumentando por momentos.

Con cierta reluctancia, la secretaria contactó a Valeria, quien, tras una breve disculpa, se retiró de la sala de conferencias para atender la llamada en la privacidad de su oficina.

"Esto mejor que sea realmente urgente, Gabi", dijo Valeria, esperando algún tipo de trivialidad habitual de su hermana.

"¡Lo es, de verdad!", exclamó Gabriela, su voz revelando un grado de seriedad inusual en ella. "Es sobre Adrián. Han retirado todos los cargos contra él por falta de pruebas."

Valeria quedó en silencio, procesando la noticia. Aunque una parte de ella sentía alivio por Adrián, otra parte, aún herida por la traición y la confusión, se resistía a cualquier sentimiento de alegría. A pesar de todo, no podía negar que en lo más profundo de su corazón, aún lo amaba.

Tras unos instantes que parecieron eternos, Valeria finalmente respondió. "Tengo que volver a la conferencia. Hablamos más tarde, Gabi."

Colgando el teléfono, Valeria se quedó sola en su oficina, sumida en sus pensamientos. La noticia había reavivado emociones que pensaba haber dejado atrás. Aunque había intentado enterrar sus sentimientos por Adrián, esta noticia los había traído de vuelta a la superficie, intensos y conflictivos.

Al escuchar la noticia del retiro de los cargos contra Adrián, el rostro de Pablo Sandoval, siempre tan comedido y controlado, perdió todo color, volviéndose pálido como si una sombra hubiera cruzado su semblante. Sin decir palabra, se levantó de su silla y se dirigió hacia su despacho con pasos firmes y pesados, como si cada uno llevara el peso de pensamientos insondables.

Una vez dentro, cerró la puerta con un golpe seco y, en un estallido de ira que nadie habría esperado de él, empezó a lanzar al aire todo objeto que encontraba a su alcance. Los papeles volaron por todas partes, y los pequeños adornos de su escritorio se estrellaron contra el suelo, fragmentándose en pedazos.

"¡Maldito, maldito!" gritaba, su voz resonando en las paredes del despacho con una furia que parecía sacudir los cimientos del edificio.

Su secretaria, alarmada por el ruido y los gritos, se apresuró a abrir la puerta, asomando su cabeza con cautela. "¿Qué ocurre, señor Sandoval?", preguntó, su voz temblorosa delatando su preocupación.

"¡Nada que te importe! ¡Largo, largo!", respondió Pablo con una aspereza que brotaba de un lugar oscuro y profundo. La secretaria retrocedió, sus ojos húmedos por la forma en que había sido tratada, y cerró la puerta con cuidado.

Pasó un tiempo antes de que Pablo saliera de su despacho. Su rostro había recuperado algo de su compostura habitual, pero sus ojos todavía ardían con una intensidad inquietante. Se acercó a su secretaria y, con un tono notablemente más suave, le pidió disculpas. "Lo siento por antes", dijo, su voz llevando un tono de arrepentimiento que no podía ocultar la tormenta que aún rugía en su interior.

La secretaria asintió, aceptando las disculpas pero aún con la inquietud reflejada en su rostro. Pablo, por su parte, volvió a su escritorio, su mente trabajando frenéticamente en lo que significaba esta nueva vuelta de tuerca en el caso de Adrián.

Valeria apenas pudo concentrarse en su trabajo aquella tarde. Su mente, atrapada en un torbellino de pensamientos sobre Adrián, rehusaba enfocarse en las tareas cotidianas. Cada intento por apartarlo de su mente solo servía para traerlo más a primer plano.

La cena en la terraza esa noche estuvo marcada por un silencio tenso e incómodo. La familia de Valeria, cada uno a su manera, estaba al tanto de lo ocurrido, pero ninguno osaba mencionarlo. El aire estaba cargado de una electricidad contenida, de palabras no dichas y emociones reprimidas.

A mitad de la cena, Valeria, incapaz de soportar más el peso de la situación, dejó caer suavemente los cubiertos en el plato, se puso de pie y se alejó de la mesa. Laura, su madre, comprendiendo el dolor que atravesaba su hija, se levantó sigilosamente y la siguió al patio.

El jardín, bañado en la luz suave de la luna, parecía un oasis de paz en medio del caos emocional. Las flores nocturnas exhalaban su fragancia, mezclándose con la brisa fresca que movía con delicadeza las hojas de los árboles. El cielo nocturno, un lienzo salpicado de estrellas, extendía su manto sobre ellas, ofreciendo un recordatorio de la vastedad y la belleza del universo.

“Hija, sé por lo que pasas. Tienes que ser fuerte y olvidarlo,” murmuró Laura, su voz suave pero firme.

“Lo sé, mamá. Trato pero no puedo,” respondió Valeria, su voz temblorosa revelando la tormenta interior que la consumía.

“El tiempo todo lo cura, cariño. Un día verás que esto será solo un mal recuerdo,” continuó Laura, intentando infundir algo de esperanza en su hija.

Valeria no respondió de inmediato. Su mirada se perdía en el horizonte, donde el estrellado cielo se encontraba con la silueta de las distantes montañas. Por un momento, su mente vagó hacia Diego, preguntándose si alguna vez podría amarlo tanto como había amado a Adrián. Pero en lo más profundo de su ser, sabía que Adrián había dejado una huella imborrable, un amor que, a pesar de todo, seguía ardiendo como una llama que se rehúsa a extinguirse.

CAPITULO 17: EL REGRESO DE ADRIÁN

Adrián se encontró en un limbo desconcertante y doloroso cuando los cargos en su contra fueron retirados por "falta de pruebas". Lejos de sentirse liberado, pronto descubrió que su reputación había sufrido un daño irremediable. El murmullo de dudas y sospechas se convirtió en un coro de juicios y rechazo, resonando en los pasillos de conservatorios y salas de conciertos donde antes era bienvenido.

Los agentes y promotores que una vez se habían acercado a él con entusiasmo ahora le daban la espalda, temerosos de asociarse con alguien envuelto en un escándalo, aunque no hubiera sido declarado culpable. Cada llamada telefónica, cada correo electrónico enviado en busca de oportunidades, se encontraba con un muro de silencio o respuestas evasivas. El talento de Adrián, que una vez lo había llevado a las cimas más altas de su carrera, ahora parecía insuficiente para limpiar la mancha que había oscurecido su nombre.

Con pocas opciones a la vista y la realidad económica apretando cada vez más, Adrián tomó la decisión de regresar a América. Esta elección no solo marcaba un retorno físico a su país de origen, sino también un retorno a un pasado que había intentado dejar atrás. En su equipaje llevaba no solo sus pocas posesiones, sino también un corazón pesado lleno de esperanzas rotas y promesas no cumplidas.

Antes de partir, se encontró con Bellini, un aliado en tiempos de turbulencia. "Te pagaré cada centavo, te lo prometo", aseguró Adrián, mirando al abogado con una mezcla de gratitud y determinación. Bellini, con un gesto comprensivo, simplemente asintió. "Sé que lo harás. Pero ahora, ve y reconstruye tu vida, Adrián. Aún tienes mucho que ofrecer", fueron sus palabras de despedida, un faro de esperanza en el oscuro mar de incertidumbre que ahora Adrián debía navegar.

La llegada de Adrián a América fue un momento cargado de emociones. Su hermano menor, Alfonsito, lo recibió en el aeropuerto con un abrazo que contenía meses de añoranza y preocupación. Se aferró a él como si tratara de asegurarse de que realmente estaba allí, de vuelta con su familia.

Durante el trayecto del aeropuerto a casa, reinó un silencio lleno de significado. No necesitaban hablar del calvario legal por el que Adrián había pasado; el alivio y la felicidad de estar juntos nuevamente lo decían todo. Alfonsito miraba de reojo a su hermano, su corazón lleno de admiración y alivio. Siempre había creído en su inocencia, no podía concebir que su hermano, su modelo a seguir, pudiera cometer un crimen.

Al llegar a casa, su madre los esperaba en la puerta. Al ver a Adrián, rompió en lágrimas, corriendo hacia él y envolviéndolo en un abrazo que parecía querer borrar todo el dolor y la angustia que había sentido.

"Mi hijito, mi hijito lindo. No sabes cuánto esperé por este momento," dijo ella, contemplándole el rostro, mirándolo a los ojos con un amor incondicional, acariciando su cabellera con ternura.

"Yo también, mamá. He pasado por los peores momentos de mi vida," admitió Adrián, su voz llena de un cansancio que iba más allá de lo físico. Se apartó brevemente de su madre para abrazar a su padre.

"Adrián..." logró decir su padre, la emoción ahogando sus palabras. No podía encontrar las palabras adecuadas para expresar su mezcla de tristeza y alegría.

Horas más tarde, Adrián se levantó de su silla y se dirigió hacia una esquina de la sala, donde su viejo piano vertical, desgastado por el tiempo pero aún majestuoso en su presencia, aguardaba. Su fiel compañero desde la niñez, mostraba signos de una larga vida llena de música: las teclas ligeramente amarillentas, la madera con pequeñas marcas y rayones, cada uno contando una historia de años de práctica y pasión.

A pesar de su apariencia usada, el piano tenía una calidad atemporal, una especie de dignidad que solo los objetos bien amados y frecuentemente utilizados poseen. Su presencia en la habitación era como la de un viejo amigo, confiable y reconfortante.

Adrián se sentó frente al piano, sus dedos acariciando brevemente las teclas antes de comenzar a tocar, deslizándose sobre ellas, recordando con nostalgia los momentos que había pasado frente a él. Mientras la primera nota resonaba en el aire, la habitación se llenó de una emoción. La música que emanaba de aquel piano, aunque emanaba de un instrumento antiguo, estaba llena de una vitalidad y sentimiento que sólo Adrián podía infundirle.

Mientras tocaba, su familia lo escuchaba en silencio, permitiendo que la música llenara la habitación y les envolviera en una atmósfera de reflexión y afecto. La melodía de Adrián era un puente entre su dolor y su recuperación, un recordatorio de que su música le ofrecía consuelo y fortaleza.

Tarde en la noche, agotado pero en paz, Adrián se retiró a su antiguo cuarto. La familiaridad de su espacio, los recuerdos de una infancia más simple, le brindaron un consuelo que había estado ausente durante mucho tiempo. La noche era fría, pero el calor de su hogar lo envolvía.

Su madre entró silenciosamente en la habitación, lo cubrió con una frazada y le besó en la frente. "Hasta mañana, hijo," susurró, con el corazón lleno de emoción. Su hijo había regresado, y eso era todo lo que importaba en ese momento. Su presencia era un faro de esperanza en medio de la tormenta que habían atravesado.

La mañana después de su regreso, Adrián se levantó con un propósito renovado, decidido a reconstruir su vida pieza a pieza. Su primer paso fue dirigirse a la escuela de música, un lugar que siempre había considerado su segundo hogar. Con el corazón lleno de esperanza para volver a enseñar música, cruzó las puertas de la escuela con una sonrisa.

Sin embargo, su esperanza se desvaneció rápidamente. Los dueños de la escuela, quienes siempre lo habían tratado con cariño y respeto, lo recibieron con una mezcla de pena y aprensión. "Adrián, siempre has sido parte de nuestra familia aquí," comenzó el Sr. Fernández, su voz temblorosa, "pero... no podemos ignorar lo que ha pasado."

"Entiendo la situación, pero les aseguro que soy inocente,"

insistió Adrián, su voz firme pero sus ojos reflejando la desilusión.

Lo sabemos, Adrián, y te creemos," interrumpió la Sra. Fernández, "pero la mayoría de nuestros alumnos son menores de edad y los padres se preocuparán cuando sepan que te relacionas con sus hijos. Podrían decidir llevarlos a otra escuela. Los rumores... son difíciles de ignorar."

Adrián asintió, comprendiendo pero no por ello menos dolido. "Gracias por todo lo que han hecho por mí," dijo, dando media vuelta y saliendo de la escuela con el peso de la realidad sobre sus hombros.

Los días siguientes, Adrián buscó trabajo como músico, pero las puertas se cerraban una tras otra. La sombra del escándalo aún lo seguía, un fantasma persistente de un pasado que no podía dejar atrás.

Finalmente, encontró un modesto empleo tocando el piano en restaurantes y clubes nocturnos. No era lo que había soñado, pero le permitía estar cerca de la música, su eterna compañera en los buenos y malos momentos y pagar por sus gastos. Cada noche, mientras sus dedos se deslizaban por las teclas, creaba melodías que hablaban de su dolor, su amor perdido y su lucha por encontrar un nuevo camino.

Los días y semanas transcurrieron en una monotonía gris para Adrián. Pero un día, mientras deambulaba sin rumbo por un centro comercial, su corazón se detuvo abruptamente. Allí, a unos pocos metros de distancia, estaba Valeria, acompañada por Gabriela. Sus miradas se encontraron en un silencio cargado de emociones y recuerdos.

En los ojos de Valeria, Adrián vio un torbellino de sentimientos, un reflejo del amor que aún ardía entre ellos, pero también una tristeza profunda y una determinación firme. Gabriela, percibiendo la tensión, miró alternativamente a su hermana y a Adrián, una expresión de confusión cruzando su rostro.

Por un momento que pareció eterno, Adrián contempló a Valeria, cada detalle de su rostro, cada matiz de su expresión. Quería correr hacia ella, tomarla en sus brazos, explicarle todo, pedirle que lo perdonara. Pero la realidad era más fuerte que sus deseos. Valeria apretó suavemente la mano de Gabriela, una señal silenciosa de que era hora de marcharse.

Con un suspiro apenas audible, Valeria se giró y comenzó a alejarse, arrastrando a Gabriela consigo. Adrián sintió una punzada de dolor en el pecho al verla marchar. Cada paso que Valeria daba era como un golpe a su corazón, una confirmación de que lo que habían compartido ahora pertenecía al pasado.

Adrián permaneció allí, inmóvil, viéndolas desaparecer entre la multitud. La tentación de seguirlas era abrumadora, pero sabía que debía dejarla ir. Con un susurro de adiós que solo el viento pudo escuchar, Adrián dio media vuelta y continuó su camino, llevando consigo el eco de un amor no olvidado.

CAPITULO 18: VALERIA Y DIEGO

La noche había extendido su manto sobre la ciudad, y en la habitación de Valeria, la oscuridad parecía consumir cada pensamiento. Sentada en el borde de su cama, su mirada se perdía en el vacío que yacía más allá de la ventana, donde las estrellas parpadeaban con una lejanía indiferente. Cada vez que cerraba los ojos, la imagen de Adrián, firme y real en el centro comercial, invadía su mente. Era un recuerdo imborrable, una herida que aún sangraba en su corazón. Las emociones se entremezclaban en un torbellino conflictivo, entre la añoranza del pasado y la firme resolución de seguir adelante.

Incapaz de hallar un respiro en esa tormenta interior, Valeria extendió su mano temblorosa hacia el teléfono sobre la mesita de noche. La pantalla iluminó su rostro con una luz fría mientras marcaba el número de Diego. Recordaba, casi con melancolía, la invitación que él le había hecho para escapar a la villa de su familia en Grecia. Necesitaba un escape, un lugar donde las sombras de Adrián no pudieran alcanzarla.

"¿Diego? Hola, soy yo, Valeria", comenzó con voz temblorosa, que luchaba por mantener la compostura en medio de la noche silenciosa.

"Valeria, justo pensaba en llamarte", contestó Diego, su voz sonaba cálida y cercana a través del teléfono.

Valeria se reclinó contra la cabecera de la cama,

jugueteando con el borde de la sábana mientras hablaba. "Escucha, sobre la invitación a Grecia... ¿todavía está en pie?"

Se produjo una pausa en la línea, y Valeria podía imaginar a Diego, con su eterna sonrisa amable, al otro lado del teléfono. "Por supuesto, me encantaría. ¿Cuándo te gustaría ir?"

"¿Qué tal la semana que viene?" La pregunta salió de los labios de Valeria con un deje de urgencia apenas disimulado, y se vio obligada a soltar una risa forzada para ocultar su desesperación por salir de su propia piel.

"La semana que viene es perfecta", dijo Diego, su voz rebosaba entusiasmo. "Haré todos los arreglos necesarios. ¿Qué te hizo cambiar de opinión tan repentinamente?"

"Necesito un cambio de aires, alejarme un poco de todo esto", confesó Valeria, mirando hacia la oscuridad que envolvía su habitación. Sentía un vacío que amenazaba con tragársela si no actuaba.

"¿Estás bien? ¿Algo te preocupa?" La preocupación era evidente en la voz de Valeria.

"No, está todo bien. No te preocupes por mí", dijo Valeria con una voz que intentaba sonar convincente. Diego, conocedor de sus cambios de ánimo, optó por no presionarla más y cambió el tema. Conversaron durante un rato más, cada palabra de Diego era un bálsamo para el alma herida de Valeria. Pero incluso en medio de su creciente intimidad, Valeria no podía evitar sentir que algo faltaba. Aunque su relación con Diego se fortalecía, no podía compararse con la pasión y el amor profundo que había sentido por Adrián. A pesar de su traición, él seguía siendo una sombra persistente en su corazón.

Incluso mientras hacía los planes, sabía en lo más profundo de su ser que no importaba cuán lejos viajara, no podría huir de los recuerdos y sentimientos que Adrián había dejado en su corazón.

***

La siguiente semana, un Rolls Royce, símbolo de lujo y elegancia, se detuvo suavemente frente a la casa de Valeria. Su chofer, vestido con impecable formalidad, salió del vehículo y se acercó a Valeria para ayudarla con su equipaje. Con cuidado, colocó las maletas en el maletero antes de abrir la puerta del auto con cortesía.

Gabriela, siempre entrometida pero encantadora, bromeó sobre colarse en sus maletas. "¡Prometo ser muy pequeña y no molestar!", dijo con una sonrisa juguetona. Valeria le respondió con cariño, prometiéndole un viaje juntas en el futuro. "La próxima vez serás tú y yo, ¿de acuerdo?", le aseguró mientras la abrazaba con fuerza.

“No me engañes,” respondió Gabriela con una sonrisa picaresca.

“No te engaño, te prometo que tú y yo iremos de paseo cuando regrese,” respondió Valeria, besándola en la mejilla para despedirse de ella.

Valeria se despidió de su madre, quien le dio un beso y le deseó un viaje seguro. No se despidió de su padre.

Llevando consigo una mezcla de emoción y anticipación, Valeria se acercó al auto, donde Diego la esperaba con una sonrisa reconfortante. La idea de escapar por un tiempo, de sumergirse en nuevas experiencias y paisajes, le ofrecía un necesario respiro de la rutina diaria y de los recuerdos persistentes de Adrián.

En el aeropuerto, el avión privado de la familia de Diego esperaba en una zona reservada, lejos de la vista curiosa de los pasajeros regulares. Era un avión lujoso, cuyo interior estaba decorado con elegancia y confort. Asientos de cuero, paneles de madera pulida y detalles de diseño que gritaban exclusividad y confort. El capitán los recibió con una cortesía profesional, asintiendo con respeto a Diego y dirigiéndole una sonrisa amable a Valeria.

Una vez a bordo, Valeria se acomodó en uno de los amplios asientos, observando por la ventana mientras el avión despegaba suavemente. La sensación de despegue siempre le causaba un cosquilleo en el estómago, un recordatorio de que estaba dejando atrás su vida cotidiana, al menos por un tiempo.

El vuelo transcurrió entre charlas ligeras y risas. Diego, atento y encantador, se aseguró de que Valeria estuviera cómoda en todo momento, ofreciéndole bebidas y contándole historias sobre sus viajes anteriores a Grecia. Valeria, aunque agradecida por la compañía y la atención, no podía evitar que su mente vagara hacia Adrián de vez en cuando. Miraba a través de la ventana del avión, observando las nubes pasar, y se preguntaba qué estaría haciendo él en ese mismo momento.

Al aterrizar en Grecia, la emoción de Valeria aumentó. Estaba ansiosa por ver la villa y explorar los alrededores, por sumergirse en un mundo diferente y, con suerte, encontrar un poco de paz y claridad lejos de todo lo que la había estado atormentando en casa.

El avión de la familia Montes, un jet privado para seis pasajeros, aterrizó suavemente en Grecia bajo un cielo azul claro, salpicado de nubes blancas. Diego y Valeria bajaron del avión, sus ojos adaptándose al brillante sol mediterráneo. El aire era cálido, con un ligero aroma a sal y a flores silvestres.

Un elegante Mercedes negro esperaba en la pista, listo para llevarlos a la villa. Durante el trayecto, Valeria no pudo evitar admirar el bello paisaje. Los campos dorados se extendían hasta donde alcanzaba la vista, intercalados con olivares y viñedos, mientras el mar azul centelleaba en la distancia.

Al llegar a la cima de la colina, la villa de la familia Montes se reveló en toda su magnificencia. Era una estructura blanca, amplia y señorial, con columnas imponentes y balcones adornados con flores coloridas. Los muros encalados resplandecían bajo el sol, y las ventanas altas prometían vistas impresionantes del paisaje que los rodeaba.

Los encargados de la villa y varios sirvientes los recibieron con sonrisas y reverencias discretas. "Bienvenidos a la Villa Montes," dijo el mayordomo con un acento griego marcado, guiándolos a través de amplios pasillos adornados con arte clásico y moderno.

Valeria se sintió inmediatamente envuelta en una atmósfera de lujo y tranquilidad. Las habitaciones eran espaciosas, decoradas con un gusto exquisito que combinaba lo clásico con lo moderno. Cada detalle, desde los muebles hasta las obras de arte, parecía haber sido cuidadosamente seleccionado.

La terraza ofrecía una vista panorámica del mar, con el azul profundo extendiéndose hasta el horizonte. "Es hermoso aquí," murmuró Valeria, incapaz de apartar la vista del paisaje.

Diego, de pie a su lado, asintió. "Espero que te ayude a encontrar algo de paz y tranquilidad," dijo suavemente, colocando su mano sobre la de ella con un gesto de apoyo.

Valeria miró hacia el mar, permitiendo que la belleza del lugar calmara su espíritu agitado. Aunque Adrián todavía ocupaba un rincón de su corazón, en ese momento, en la cima de la colina, con el mar extendiéndose infinitamente ante ella, sintió que tal vez, solo tal vez, podría empezar a sanar.

Después de asearse y descansar en la frescura y el lujo de sus habitaciones en la villa, Valeria y Diego decidieron explorar un cercano pueblito. La tarde aún era joven, y el sol bañaba sus calles y edificios con una luz dorada y cálida, creando un ambiente encantador y acogedor.

Caminaron por las estrechas calles empedradas, admirando los viejos edificios que parecían susurrar historias del pasado. Las paredes encaladas, adornadas con buganvillas de colores vivos, formaban un laberinto encantador, invitándoles a perderse en su belleza. Cada esquina revelaba una nueva sorpresa: una pequeña plaza con una fuente antigua, un balcón adornado con flores, una tienda con artesanías locales.

Los lugareños les sonreían y saludaban con una mezcla de curiosidad y cordialidad. En uno de los pequeños establecimientos, se detuvieron a comer. La comida era sencilla pero deliciosa, con sabores frescos del mar y la tierra, y regada con un vino local ligero.

Al caer la noche, se dirigieron a un club nocturno donde la música y la risa llenaban el aire. Valeria se dejó llevar por el ambiente festivo, riendo mientras intentaba seguir los pasos de un baile tradicional griego. El baile, lleno de saltos y giros, era una celebración de la vida y la alegría. Diego, a su lado, la seguía con una sonrisa, disfrutando verla tan feliz.

Exhaustos pero eufóricos, regresaron a la villa. En la privacidad de su habitación, se entregaron el uno al otro con una pasión desbordante. En esos momentos de abandono y éxtasis, Valeria se permitió olvidar el pasado, sumergiéndose en el presente con Diego.

Bajo el manto estrellado de la noche, con el susurro del mar como melodía, ambos descubrieron un refugio en el calor de su abrazo. En la intimidad compartida, la pasión que compartieron era un vívido recordatorio de que el corazón de Valeria, a pesar de las heridas del pasado, aún latía con fuerza, capaz de amar y sentir apasionadamente.

CAPITULO 19: ADRIÁN Y ROCÍO

El corazón de Rocío latía con fuerza mientras pulsaba el botón del timbre en la puerta delantera de la casa de Adrián. La mezcla de emoción y miedo era casi abrumadora; había pensado en este momento durante días, debatiéndose entre el deseo de verlo y el temor a su reacción.

Adrián abrió la puerta y la miró en silencio. A pesar de los problemas que Rocío le había causado en el pasado, no sentía rencor hacia ella.

"Hola, Adrián," dijo ella, su voz apenas un susurro en la fría noche de invierno.

"Hola, Rocío." Adrián la observó por un momento. Rocío estaba envuelta en un abrigo de invierno, con una capucha que apenas ocultaba su rostro. Algo en ella parecía más atractivo que en el pasado. "Pasa, se está enfriando afuera," dijo, abriendo más la puerta.

Una vez en la sala, Rocío se quitó el abrigo y se sentó en uno de los sofás, mientras Adrián tomaba asiento frente a ella.

"¿Qué te trae por aquí?" preguntó Adrián, intentando disimular su curiosidad.

""Me enteré que habías vuelto y... quería verte. Además, necesito pedirte perdón por todo lo que pasó. Me dejé llevar por mis emociones," admitió Rocío, con la mirada baja.

"Olvida eso. Ya es agua pasada," respondió Adrián, haciendo un gesto con la mano para restarle importancia al asunto.

"No puedo simplemente olvidarlo. Sé que actué mal," insistió Rocío, levantando la mirada para encontrarse con los ojos de Adrián.

"Como te dije, eso ya no importa. Cambiemos de tema," sugirió Adrián, intentando desviar la conversación.

En ese momento, la madre de Adrián entró en la sala. Al reconocer a Rocío, una sombra de desagrado cruzó brevemente su rostro antes de optar por retirarse en silencio. La tensión en la habitación aumentó momentáneamente; recordaba el intento de Rocío por separar a Adrián de Valeria. Sin embargo, por un instante, sintió lástima por ella, recordando los años en que fueron buenas amigas. Adrián se acercó a su madre y le pidió que saludara a Rocío y la perdonara.

La madre de Adrián, después de la breve conversación con su hijo, respiró hondo y se volvió hacia Rocío. En sus ojos se reflejaba una mezcla de emociones: recuerdos de años de amistad y el dolor de la traición. A pesar de todo, la compasión y el perdón prevalecieron en su corazón.

Se acercó a Rocío, quien la miraba con una mezcla de esperanza y miedo. Por un momento, ninguna de las dos dijo nada; el silencio hablaba más que las palabras. Finalmente, la madre de Adrián extendió sus brazos y, con un gesto lleno de significado, abrazó a Rocío.

"Te perdono, Rocío," susurró, su voz cargada de emociones. "Todos cometemos errores. Lo importante es aprender de ellos y seguir adelante."

Rocío, visiblemente emocionada, se aferró a ella en un fuerte abrazo. "Lo siento mucho," murmuró entre sollozos, "Nunca quise lastimar a nadie."

Se separaron con una sonrisa triste y comprensiva. Ambas sabían que aunque el perdón había sido otorgado, algunas cicatrices tardan en sanar.

Adrián y Rocío continuaron conversando hasta altas horas de la noche. A pesar de la tensión inicial, pronto se encontraron reviviendo los viejos tiempos y compartiendo historias de sus vidas actuales. La vieja amistad, aunque marcada por el pasado, comenzaba a cobrar vida nuevamente bajo la luz tenue de la sala.

Los días y semanas que siguieron marcaron un renacer en la relación entre Rocío y Adrián. Aunque Rocío amaba profundamente a Adrián, él no podía corresponderle con la misma intensidad. Para él, Rocío era una amiga entrañable y una compañera apasionada, pero el amor que había sentido por Valeria aún residía en lo más profundo de su corazón.

Las noches estaban llenas de paseos bajo la luz de las estrellas, bailes en clubs locales donde la música vibraba en el aire, y visitas a diversos lugares de ocio. En sus casas, compartían cenas íntimas y largas conversaciones que se extendían hasta altas horas de la madrugada.

“Me encanta verte tan feliz, Adrián”, decía Rocío una noche mientras caminaban de la mano por un parque iluminado, su risa resonando en el aire nocturno.

Adrián sonreía, agradecido por su compañía, pero en su interior sabía que algo faltaba entre ellos. “

***

Rocío trabajaba como instructora de música en una academia para adultos y conociendo la pasión de Adrián por la enseñanza se lo presentó a los dueños de la academia. Ellos, impresionados por su talento y experiencia, le ofrecieron un puesto de trabajo. Adrián aceptó entusiasmado, encontrando en la enseñanza una fuente de satisfacción y un escape a su vida emocional.

“Estos estudiantes son increíbles, son de los mejores que he visto. Me siento bien estar de nuevo enseñando”, compartió Adrián con Rocío una tarde, su rostro iluminado por una genuina felicidad.

“Sabía que te encantaría”, respondió Rocío con una sonrisa.

CAPITULO 20: UN NUEVO DESTINO

La relación entre Diego y Valeria, aunque marcada por la ausencia de una pasión arrolladora, ha ido floreciendo a través de momentos compartidos y gestos atentos. Las cenas románticas bajo un cielo estrellado, los días en la finca de Valeria y las escapadas a Grecia han creado un lazo especial entre ellos. Diego, influenciado tanto por sus propios sentimientos como por la insistencia de ambas familias en unir sus destinos, se encuentra contemplando seriamente la posibilidad de proponerle matrimonio a Valeria.

El creciente afecto y la familiaridad que han desarrollado juntos, sumado a los momentos íntimos y significativos que han compartido, han alimentado en Diego la esperanza de que su relación pueda evolucionar hacia algo más profundo y permanente. Sin embargo, no puede evitar sentir cierta incertidumbre respecto a la respuesta de Valeria. Aunque la relación ha ido en aumento, Diego es consciente de que el corazón de Valeria aún alberga recuerdos de Adrián, lo cual le hace dudar de si ella estaría lista para dar ese paso tan significativo.

Diego se debate entre la esperanza y la incertidumbre. A pesar de sus dudas, siente que ha llegado el momento de tomar una decisión y arriesgarse. En su mente, imagina el escenario perfecto para hacer la propuesta, una que refleje el respeto y el cariño que siente por Valeria, pero aún así no puede evitar preguntarse si Valeria estará lista para abrir su corazón de nuevo.

***

La mansión de Diego, situada en una de las zonas más exclusivas de la ciudad, se había transformado en un lugar de ensueño para celebrar el cumpleaños de Valeria. Los jardines meticulosamente cuidados estaban adornados con luces centelleantes que colgaban de los árboles y se reflejaban en las aguas cristalinas de la piscina, creando un ambiente mágico y romántico.

Los preparativos para el cumpleaños habían sido un asunto de gran importancia. Decoradores, floristas y chefs habían trabajado incansablemente para asegurarse de que cada detalle fuera perfecto. Mesas elegantemente vestidas con mantelería de fino lino y centros de mesa exquisitos adornaban el espacio, mientras que un suave hilo musical acompañaba la atmósfera.

Valeria, vestida con un elegante vestido de noche, llegó acompañada por Gabriela en un lujoso auto, mientras sus padres seguían en otro vehículo. A su llegada, la sutil tensión entre ella y su padre era palpable, y Valeria se aseguró de mantener una distancia prudente.

La noche transcurrió entre risas y conversaciones amenas, pero Valeria no pudo dejar de notar la extraña ausencia de otros invitados, algo inusual en las celebraciones de la familia. A pesar de esta curiosa omisión, prefirió no preguntar y se concentró en disfrutar la encantadora velada. Los platos gourmet desfilaban ante ellos, cada uno más exquisito que el anterior, acompañados de vinos selectos que deleitaban el paladar. En un ambiente íntimo, la familia compartía momentos de unión y alegría.

En el momento cúspide de la cena, Diego se puso de pie.

Su figura alta e imponente captó la atención de todos los presentes. Comenzó a hablar con una voz llena de emoción y afecto, cada palabra cuidadosamente elegida para transmitir su amor por Valeria.

"Valeria, desde el momento en que te conocí, supe que había algo especial entre nosotros. Tu belleza, tu inteligencia, tu bondad... todo en ti me cautivó. No puedo imaginar mi vida sin ti a mi lado," dijo Diego, su voz temblaba ligeramente por la emoción.

Entonces, con una pausa que pareció eterna, sacó una pequeña caja de su bolsillo y, abriéndola, reveló un anillo de compromiso deslumbrante. Se arrodilló frente a ella y, mirándola directamente a los ojos, le dijo: "Valeria, ¿quieres casarte conmigo?"

La sorpresa y el asombro se apoderaron de Valeria. En ese momento, la voz espontánea de Gabriela rompió la tensión del momento con una exclamación sorprendida y muy real. "¡Ay mierda!" exclamó, llevándose la mano a la boca inmediatamente después, consciente de su falta de filtro y recibiendo un suave codazo de Laura para que guardara silencio y se comportara.

Valeria, aún en estado de shock, se tomó unos segundos para procesar lo que estaba sucediendo. Finalmente, con una sonrisa que nacía más de la sorpresa que del entusiasmo, asintió y dijo: "Sí, seré tu esposa."

Los aplausos y vítores de los familiares llenaron la sala. Los padres de Valeria y de Diego, así como sus hermanos y hermanas, al igual que el resto de la familia, expresaron su alegría y felicitaciones. La noche se convirtió en una celebración del amor y la unión de dos familias.

A pesar del júbilo del momento, en lo más profundo de

su corazón, Valeria sabía que algo faltaba, una pasión que una vez había sentido y que ahora parecía un eco lejano. Sin embargo, se permitió disfrutar del momento, consciente de que estaba abriendo un nuevo capítulo en su vida.

Gabriela, siempre curiosa y con su habitual entusiasmo por meterse en todo, entró al cuarto de Valeria en cuanto regresaron de la fiesta. Valeria, que se estaba cambiando de ropa, levantó la mirada hacia su hermana con afecto mientras dejaba su cartera sobre la cómoda.

"¿Qué demonios haces? ¡No lo quieres!" exclamó Gabriela directamente, su tono reflejaba preocupación y sorpresa.

"Es el mejor partido que tengo y le tengo mucho cariño," respondió Valeria, su voz carecía de la pasión que Gabriela esperaba.

"Cariño no es amor, Valeria," insistió Gabriela, sentándose en la cama y mirando a su hermana con intensidad.

"Gabi, las cosas no son tan simples. No para mí," dijo Valeria, dejando caer su vestido sobre la cama y sentándose a su lado.

"¿Cuándo piensan casarse?" preguntó Gabriela, intentando sondar más profundamente en los pensamientos de su hermana.

"No lo hemos discutido todavía. Posiblemente en la primavera," contestó Valeria, evitando la mirada de Gabriela.

"¿Ves lo que te digo? No es lo que quieres, por eso le das largas. Si lo amaras de verdad, te casarías mañana. Yo lo haría," dijo Gabriela, su tono se suavizó, intentando hacer comprender a su hermana.

"Pero yo no soy tú, Gabi. ¡No seas jodona y comprende! Lo que yo deseo o no deseo es solo parte de mi vida. Tú lo sabes," dijo Valeria, levantándose y comenzando a caminar por la habitación, su expresión era de alguien que luchaba con decisiones difíciles.

Hubo una pausa, luego Gabriela preguntó suavemente, "¿Has vuelto a ver a Adrián?"

"No y no quiero hablar más de él," respondió Valeria rápidamente, su tono indicaba que ese era un tema cerrado.

"¿Crees que podrías perdonarlo?" insistió Gabriela, mirando a su hermana con una mezcla de curiosidad y preocupación.

Valeria se detuvo y miró por la ventana, pensativa. "No lo sé, Gabi, no creo que pueda. Además, estoy comprometida. ¡Métetelo en la cabeza! No hay nada más que hablar," dijo finalmente, con una firmeza que no dejaba lugar a dudas, aunque en su corazón, la incertidumbre seguía anidando.

Gabriela asintió, comprendiendo que su hermana había tomado una decisión, pero manteniendo su expresión de quien siempre tiene una opinión sobre todo. En silencio, se levantó y salió de la habitación, dejando a Valeria sola con sus pensamientos y dudas.

***

Diego y Valeria estaban sentados en el lujoso salón de la mansión de la familia Montes, rodeados por la opulencia que marcaba sus vidas. Las luces tenues y los muebles elegantes hacían de aquel un lugar perfecto para una conversación íntima.

"Valeria, he estado pensando en la fecha de nuestra boda. ¿Qué te parece si lo hacemos para fin de año?" propuso Diego, su voz llena de esperanza y expectación.

Valeria, jugueteando nerviosamente con la cadena de su collar, levantó la mirada hacia Diego. "Diego, creo que sería mejor esperar hasta la primavera. Hay mucho que planificar y quiero que todo sea perfecto," dijo, su voz suave pero firme.

Diego la observó en silencio por un momento, tratando de ocultar la decepción que sentía. Había soñado con unir sus vidas lo antes posible, pero sabía que no podía forzar su voluntad. "Claro, si eso es lo que prefieres, esperaremos hasta la primavera," respondió con una sonrisa forzada.

Valeria, aliviada por su comprensión pero consciente de su frustración, se acercó a Diego y le tomó las manos. "Gracias por entender. Quiero que nuestro día sea especial, y eso requiere tiempo," explicó, tratando de transmitirle su agradecimiento y cariño.

Diego asintió, apretando levemente las manos de Valeria. "Para mí lo más importante es que estés feliz. Si la primavera es lo que deseas, entonces la primavera será," dijo, intentando sonar convincente. Pero en su interior, una voz silenciosa gritaba su frustración, su deseo de hacer a Valeria su esposa cuanto antes.

La conversación continuó en otros temas, pero para Diego, la noche había perdido parte de su brillo. Aunque había accedido a los deseos de Valeria, no podía evitar sentir que algo se estaba deslizando entre sus dedos, algo que no lograba comprender del todo.

CAPITULO 21: FIESTAS DE FIN DE AÑO

La Navidad se acercaba y con ella, un aire de festividad y calidez envolvía la ciudad. Las calles brillaban con luces de colores y las melodías de los villancicos resonaban en cada esquina. Adrián, imbuido por el espíritu de la estación, decidió invitar a Rocío a su casa para celebrar la Nochebuena.

La casa de Adrián estaba decorada con un árbol de Navidad que tocaba el techo, adornado con bolas brillantes y luces parpadeantes. Guirnaldas y luces colgaban de las paredes y el aroma a pino y a galletas recién horneadas llenaba el aire.

"Todo se siente tan cálido y acogedor...", comentó Rocío, mientras colocaba su regalo bajo el árbol.

"Es lo que más amo de la Navidad", respondió Adrián con una sonrisa. "El estar juntos, compartir..."

La cena fue una mezcla de platos tradicionales y recetas familiares. La mesa estaba rebosante de delicias: pavo asado, puré de papas, ensaladas frescas y un sinfín de postres.

En medio de la cena, Alfonsito entró con su novia, una joven risueña y encantadora. "¡Feliz Navidad a todos!", exclamó con alegría, presentando a su pareja. "Les presento a Clara".

La noche en la casa de los padres de Adrián estaba impregnada de un ambiente festivo y acogedor. Risas y conversaciones animadas llenaban el aire, mientras los miembros de la familia se reunían, compartiendo el calor y la alegría de la Navidad.

En medio de la celebración, Adrián se levantó y se dirigió hacia el piano. La charla se apaciguó gradualmente mientras él empezaba a tocar melodías navideñas. Los primeros acordes de "Noche de Paz" flotaron por el salón, y un silencio respetuoso se instaló entre los presentes, todos cautivados por la belleza del momento.

Rocío, sentada cerca, sonrió y se unió a Adrián, su voz dulce y clara elevándose para acompañar la melodía del piano. Su dueto era armonioso y emotivo, y pronto otros miembros de la familia empezaron a cantar también, uniendo sus voces en un coro improvisado.

El ambiente se llenó de un espíritu genuino de Navidad, con cada nota tocada por Adrián y cada palabra cantada por Rocío y la familia, tejiendo un tapiz de recuerdos.

La noche avanzó, con más canciones y risas, y aunque Adrián se encontraba inmerso en la felicidad del momento, en ocasiones, su mente vagaba, recordando otros tiempos, donde otra persona ocupaba sus pensamientos.

Las llamadas de la hermana y el hermano de Adrián, quienes no pudieron estar presentes, añadieron aún más alegría al ambiente. A través del altavoz del teléfono, compartieron anécdotas y bromas, haciendo sentir su presencia a pesar de la distancia.

La cena de Navidad se desvanecía en un eco de risas y charlas mientras Adrián y Rocío se encargaban de recoger los platos. El resplandor de las velas aún bailaba en la mesa, proyectando sombras danzarinas sobre las paredes.

"Ha sido una noche maravillosa", dijo Rocío, mientras apilaba cuidadosamente los platos. "Tu familia es muy cariñosa y divertida".

Adrián, secando una copa de vino con un paño, sonrió con calidez. "Sí, lo son. Siempre encuentran la manera de hacer que cualquier reunión sea especial. Y tú has añadido brillo a la noche. No hubiera sido igual sin ti"

Rocío se detuvo por un momento, mirándolo con una expresión de agradecimiento. "Gracias, Adrián. Me alegro de haber venido."

Un silencio cómodo se instaló entre ellos mientras seguían con la tarea. Adrián rompió el silencio, "¿Sabes? No esperaba que esta Navidad fuera tan especial. Después de todo lo que ha pasado este año... pero aquí estamos."

Rocío dejó los platos y se acercó a él. "La vida tiene sus maneras de sorprendernos, ¿no crees? Como dicen, justo cuando pensamos que conocemos todas las respuestas, nos cambia las preguntas."

Adrián asintió, dejando el paño a un lado. "Exactamente. Y a veces, esas sorpresas nos llevan a momentos que nunca olvidaremos."

La conversación fluyó naturalmente entre ellos, mientras terminaban de limpiar. Al final, se sentaron en el sofá, mirando las brasas arder en la chimenea, compartiendo un cómodo silencio que solo buenos amigos pueden disfrutar. En ese momento, a pesar de los desafíos y sinsabores del año, todo parecía estar en su lugar, aunque solo fuera por esa noche mágica.

El intercambio de regalos fue el punto culminante de la noche. Cada uno abría sus presentes entre exclamaciones de sorpresa y gratitud. El regalo de Adrián a Rocío era una delicada pieza de joyería, que ella aceptó con una mezcla de emoción y un leve rubor en sus mejillas.

“Gracias, Adrián. Es hermoso”, dijo, mirándolo con un cariño que iba más allá de las palabras.

La noche se deslizó suavemente hacia su fin, con el suave crepitar del fuego en la chimenea marcando el ritmo. En el salón, la luz tenue y el calor acogedor reunieron a todos alrededor del fuego, creando un ambiente íntimo y sereno.

Los miembros de la familia de Adrián, junto con Rocío, encontraron sus lugares en cómodos sillones y sofás, envueltos en la calidez de mantas suaves y el resplandor del fuego. Las conversaciones fluían naturalmente, salpicadas de risas y recuerdos compartidos, cada historia hilando más fuerte los lazos que los unían.

En ese espacio acogedor, las diferencias y las preocupaciones del mundo exterior se desvanecían, reemplazadas por una sensación de pertenencia y conexión. Cada uno aportaba su propio relato, su propia esencia, tejiendo una red de experiencias y emociones que resonaban en la habitación.

Adrián, sentado junto a Rocío, se sumergía en la atmósfera cálida y familiar, sintiendo una profunda gratitud por esos momentos de unión. La presencia de Rocío, con su risa y su espíritu vivaz, añadía un brillo especial a la velada. Aunque en algunos instantes, el recuerdo de Valeria se deslizaba en su mente, creando un agridulce contraste con la alegría del presente.

A medida que las llamas del fuego comenzaron a debilitarse, un sentimiento de contentamiento y paz se instaló en todos. Era uno de esos momentos raros y preciosos en los que el tiempo parecía detenerse, permitiendo a todos simplemente estar y disfrutar del ahora.

Finalmente, cuando las últimas brasas se convirtieron en cenizas y el reloj marcó una hora avanzada, uno a uno comenzaron a levantarse, estirándose y bostezando, expresando su gratitud por una noche llena de calidez y amor. Se despidieron con abrazos cálidos y deseos de buenas noches, cada uno llevándose consigo el resplandor y el calor de esos momentos compartidos.

***

La Navidad en la finca de la familia de Valeria se perfilaba como una celebración diferente a cualquier otra. La finca, rodeada de extensos bosques y campos cubiertos de una capa de nieve, creaba un ambiente idílico para las festividades.

Diego y Valeria llegaron temprano para ayudar con los preparativos de la reunión familiar. Mientras Diego se dedicaba a colaborar con el montaje de la mesa y la decoración, Valeria decidió tomar un respiro y dirigirse hacia los establos. Envuelta en un abrigo grueso para protegerse del frío, su respiración formaba pequeñas nubes de vapor en el aire frío, mientras sus pasos crujían sobre la nieve recién caída.

Al llegar a los establos, Valeria se encontró con Estrella, el caballo que había sido su fiel compañero desde su adolescencia. Este hermoso ejemplar, regalo de su padre en su decimoquinto cumpleaños, la recibió con un relincho suave, como si compartiera la emoción del reencuentro.

Con movimientos llenos de cariño, Valeria preparó a Estrella para el paseo, ajustándole la montura y las bridas. Pronto, ambos estaban listos para adentrarse en la naturaleza invernal. Montó con la habilidad y gracia de alguien que ha pasado incontables horas en el lomo de un caballo, y juntos se dirigieron a los senderos nevados de la finca.

El crujir de la nieve bajo los cascos de Estrella se mezclaba con el silencio del paisaje, creando una melodía tranquila y rítmica. Los árboles, despojados de sus hojas y adornados con nieve, se erguían como guardianes silenciosos, sus ramas desnudas extendiéndose hacia el cielo invernal. Valeria, a lomos de Estrella, se dejaba llevar por la serenidad que el entorno le ofrecía, sumergiéndose en la paz y claridad que solo encontraba en estos momentos de unión con la naturaleza.

El paseo no era solo una escapada de la rutina diaria, sino un viaje hacia su interior, un momento para reconectar con sus raíces y con la parte de sí misma que encontraba consuelo y fuerza en la sencillez de la naturaleza y la compañía de su querido Estrella.

La cena se sirvió en una gran mesa adornada con centros de mesa de pinos y bayas, bajo una carpa elegante montada para la ocasión. El ambiente estaba lleno de risas y conversaciones animadas. La comida, un festín de platos tradicionales y delicias locales, se extendió por la mesa, invitando a todos a disfrutar. Las luces de Navidad se entrelazaban con los árboles desnudos, sus destellos se reflejaban en la nieve, creando un paisaje mágico bajo el cielo estrellado.

Diego observaba a Valeria de vez en cuando, capturando

su sonrisa y su risa, signos de la felicidad que él tanto deseaba para ella. Sin embargo, en los ojos de Valeria se percibía una sombra de melancolía, un reflejo de los recuerdos que la acompañaban a pesar de la alegría del momento. Mientras la noche avanzaba y las familias compartían historias junto al fuego, Valeria se perdía en sus pensamientos, recordando los momentos pasados con Adrián. Cada risa, cada abrazo, parecía llevarla de vuelta a esos momentos que ya no volverían.

En la quietud de la noche de invierno, con el cielo despejado mostrando un manto de estrellas, Valeria se preguntaba si en algún lugar, bajo ese mismo cielo, Adrián también estaría pensando en ella. La distancia física y emocional entre ellos nunca había parecido tan grande, y sin embargo, en esos momentos, Valeria sentía que sus pensamientos se cruzaban, uniendo sus corazones en un silencioso y secreto encuentro.

***

La víspera de Año Nuevo para Valeria y Diego se convirtió en una velada inolvidable, marcada por el esplendor y la promesa de nuevos comienzos. La celebración tuvo lugar en uno de los hoteles más lujosos de la ciudad, conocido por sus extravagantes fiestas de fin de año.

Valeria, vestida con un elegante vestido de seda que realzaba su figura y reflejaba la luz de los candelabros, caminaba con gracia al lado de Diego. Él, por su parte, lucía un traje a medida que subrayaba su porte distinguido. Juntos, formaban una pareja que capturaba todas las miradas.

El salón del baile estaba adornado con exquisitas decoraciones, luces que danzaban en las paredes y un gran árbol de Navidad que tocaba casi el techo. La música llenaba el aire, invitando a los invitados a perderse en el ritmo y la alegría del momento.

"Es una noche perfecta, ¿no crees?", comentó Diego, ofreciendo su brazo a Valeria mientras se dirigían a la pista de baile.

"Lo es", respondió ella, permitiéndose disfrutar del momento. Juntos, se deslizaron por la pista de baile, moviéndose al compás de la música, sus cuerpos en perfecta armonía.

A medida que la noche avanzaba, el cielo exterior se iluminó con los fuegos artificiales que anunciaban la llegada del Año Nuevo. Valeria y Diego se unieron a los demás invitados en la terraza del hotel, observando el espectáculo de luces y colores. El estallido de los fuegos artificiales resonaba como un coro de esperanza y celebración, iluminando sus rostros con un brillo de asombro y felicidad.

"¡Feliz año nuevo, Valeria!", exclamó Diego, tomando su mano y besándola suavemente.

"¡Feliz año!", respondió ella, con una sonrisa que ocultaba una mezcla de emociones.

Ambos decidieron extender la celebración quedándose en el hotel. En la intimidad de su habitación, la pasión y el deseo se desbordaron. Se entregaron el uno al otro, sus cuerpos entrelazados en una danza de amor y anhelo. A pesar de la pasión compartida, en lo más profundo de su corazón, Valeria sabía que algo faltaba, un sentimiento que no podía forzar ni fingir. Sin embargo, en esos momentos, se permitió sumergirse en el ahora, en el calor y la ternura de Diego.

***

La celebración de fin de año de Adrián y Rocío, aunque sencilla, estuvo llena de alegres momentos y un ambiente íntimo. Recogiendo a Rocío en su casa, Adrián había planeado una velada tranquila pero especial. Cenaron temprano en un acogedor restaurante del barrio, disfrutando de la comida y de su mutua compañía.

Después de la cena, regresaron a la casa de Adrián, donde se unieron a su familia para ver en televisión las celebraciones de Año Nuevo alrededor del mundo. La sala se llenó de risas y comentarios mientras compartían copas de vino y bocaditos caseros preparados por la madre de Adrián. Rocío se maravilló ante la calidez y sencillez de la familia de Adrián, sintiéndose cada vez más parte de ellos.

Cuando el reloj marcó la medianoche, todos salieron al parque cercano para ver los fuegos artificiales. El cielo nocturno se iluminó con colores brillantes y estruendos que resonaban con las esperanzas y sueños del nuevo año. Los vendedores ambulantes entre la multitud vendían toda clase de comidas, desde algodón de azúcar hasta deliciosos bocadillos locales.

Adrián y Rocío, de la mano, compartían miradas y sonrisas, disfrutando de la sencillez y la belleza del momento. Para Adrián, después de un año lleno de turbulencias, esta noche representaba una oportunidad para apreciar las pequeñas alegrías de la vida. Rocío, a su lado, se sentía agradecida por compartir estos instantes de felicidad pura y sin pretensiones.

A medida que la noche avanzaba y los últimos fuegos artificiales desaparecían en el cielo, todos regresaron a casa, llevando consigo el cálido recuerdo de una noche de Año Nuevo inolvidable, donde lo sencillo se convirtió en extraordinario.

Mientras la noche avanzaba, la madre de Adrián observaba atentamente a su hijo y a Rocío. Adrián, aunque usualmente era un hombre de compostura, esa noche había bebido más de lo habitual, quizás buscando un escape a las tensiones acumuladas del año pasado. Su rostro, normalmente sereno, ahora lucía cansado y ligeramente embriagado.

"Adrián, hijo, no creo que sea buena idea que conduzcas en este estado," expresó su madre con una mezcla de preocupación y firmeza, acercándose a él mientras se preparaba para despedirse de Rocío.

Adrián, intentando enfocar su mirada, asintió lentamente. "Tienes razón, mamá. No me siento en condiciones de manejar," admitió, pasando una mano por su cabello desordenado.

Rocío, que había estado observando la interacción, se sintió un poco incómoda. "Puedo tomar un taxi, no es problema," sugirió.

La madre de Adrián sonrió amablemente y se acercó a Rocío. "No, querida, no te preocupes. Puedes quedarte aquí esta noche. Te acomodaremos en el sofá, será más seguro para ambos," ofreció, su tono lleno de calidez y hospitalidad.

Rocío, agradecida por la consideración, asintió y aceptó la oferta. "Gracias, señora García. Realmente lo aprecio."

La madre de Adrián se puso en marcha, preparando el sofá con sábanas frescas y una manta cómoda para Rocío. "Es lo menos que puedo hacer. Después de todo, eres la mejor amiga de Adrián y has estado a su lado en momentos difíciles," dijo, mientras acomodaba la almohada.

Mientras se acomodaba en el sofá, Rocío no pudo evitar sentir una sensación de nostalgia y una pizca de tristeza por cómo las circunstancias habían cambiado sus vidas. A su lado, Adrián se dirigió a su habitación, su andar pesado y lento, un reflejo de su estado emocional y físico. La casa quedó en silencio, solo interrumpido por el ocasional sonido de un auto pasando por la calle, mientras cada uno se sumergía en sus propios pensamientos y recuerdos en el umbral del Año

CAPITULO 22: LA BODA DE VALERIA

La primavera había llegado con su manto de flores y un aire de renovación, pero para Valeria, cada día que pasaba solo sumaba ansiedad y temor. Había prometido casarse con Diego en esta estación, y ahora, esa promesa se cernía sobre ella como una nube oscura.

Laura, su madre, consciente de la aprensión de su hija, optó por sumergirse en los preparativos de la boda, quizás esperando que el entusiasmo de la ocasión disipara cualquier duda. La llevó a tiendas exclusivas de novias, donde los vestidos colgaban como fantasmas de sueños y expectativas. Valeria se dejaba guiar, pero su corazón estaba en otra parte.

Gabriela, siempre franca y directa, observaba en silencio. "Vale, no te ves feliz," le dijo una tarde mientras salían de una tienda. "Esto debería ser emocionante, pero parece que vas a un examen."

Valeria suspiró, "Es solo... nervios, supongo." Pero en su interior sabía que era algo más profundo, una inquietud que no podía sacudirse. Cada vez que miraba su reflejo en los espejos de las tiendas de novias, veía una mujer atrapada entre lo que se esperaba de ella y lo que realmente deseaba su corazón.

Cambiando de escenario, la finca familiar se convirtió en su refugio, un lugar donde podía ser ella misma, lejos de las expectativas y las presiones. Diego, consciente de su importancia para Valeria, se esforzaba por acompañarla, intentando compartir sus intereses. A pesar de su torpeza con los caballos, se unía a ella en sus cabalgatas, siempre un poco detrás, admirando su destreza y su conexión con Estrella. Para Valeria, estos momentos eran un respiro, una oportunidad de respirar y ser libre, aunque solo fuera temporario.

Una tarde, mientras cabalgaban juntos, un golpe súbito del destino cambió el curso del día. Una rama, pesada por la reciente lluvia, se desprendió de un árbol y cayó frente a Estrella. El caballo, asustado, se encabritó violentamente, lanzando a Valeria al suelo. Ella quedó tendida, inmóvil y silenciosa, sobre el manto húmedo de hojas y hierba.

Diego, alarmado, detuvo su caballo y corrió hacia ella. "¡Valeria!" gritó, su voz teñida de pánico. Al verla allí, inconsciente, sintió un miedo abrumador. "¡Valeria, por favor, despierta!" suplicó, tomándola en sus brazos.

El tenso silencio que siguió fue solamente interrumpido por el suave crujir de las hojas bajo los pies de Diego mientras llevaba a Valeria de vuelta a la casa. Sus brazos rodeaban con cuidado su cuerpo inerte, temiendo lo peor pero aferrándose a la esperanza de que todo estaría bien.

Afortunadamente, ese día habían sido acompañados por Laura y Gabriela. Laura, aunque no ejercía profesionalmente, tenía formación médica y rápidamente asumió el control de la situación. Se acercó a Valeria, quien yacía en el suelo todavía desorientada y confundida.

"Valeria, ¿puedes oírme?" preguntó con voz calmada, sacando una linterna de una gaveta y examinando las pupilas de su hija para comprobar su reacción a la luz. "Voy a mantener tu cabeza estable hasta que llegue la ambulancia. Es crucial que no te muevas."

Diego, parado a su lado, miraba la escena con una mezcla de miedo y preocupación. "¿Está bien? ¿Qué podemos hacer?" preguntó, su voz temblorosa.

"Ha sufrido un golpe en la cabeza. Parece ser una conmoción cerebral. Lo más importante ahora es mantenerla inmóvil y tranquila hasta que llegue la ayuda médica," explicó Laura, manteniendo la calma.

No pasó mucho tiempo antes de que la ambulancia llegara, y Valeria fue trasladada al hospital con Diego siguiéndola de cerca. Gabriela, luchando por contener las lágrimas, se unió a su madre y ambas siguieron a la ambulancia en su propio vehículo.

En el hospital, los médicos se movieron rápidamente, realizando una serie de exámenes y pruebas. "Hemos hecho una tomografía computarizada y, afortunadamente, no hay señales de hemorragia interna ni fracturas craneales. Pero necesitamos mantenerla en observación por cualquier cambio en su estado neurológico," informó uno de los médicos a la angustiada familia.

Mientras Valeria descansaba en la habitación del hospital, su familia se turnaba para estar a su lado, ofreciéndole palabras de consuelo y esperanza. Gabriela, fuera de la habitación, no podía contener las lágrimas, mientras Laura, con la experiencia de una médica, ofrecía palabras de aliento y explicaciones a la familia.

Pablo, con el rostro marcado por la preocupación y un paso apresurado, se acercó a la habitación de Valeria en el hospital. Sus ojos, normalmente llenos de determinación y control, ahora mostraban una vulnerabilidad rara vez vista. Se detuvo frente a la puerta, su mano se posó sobre el picaporte, listo para entrar.

Laura, que había estado conversando con el neurólogo, notó la presencia de su esposo y se acercó a él con pasos firmes. "Pablo, no es el mejor momento para que entres," dijo suavemente, poniendo una mano en su brazo para detenerlo.

Pablo la miró, un destello de protesta en sus ojos. "Es mi hija, Laura. Necesito verla, saber que está bien."

Laura sostuvo su mirada, comprendiendo el tormento interno de su esposo, pero firme en su decisión. "Lo sé, Pablo, y ella también lo sabe. Pero dada la tensión entre ustedes, ahora no es el momento. Déjala descansar. La situación es delicada y no necesitamos más estrés en este momento," explicó con una calma que contrastaba con la intensidad de la situación.

Pablo pareció luchar internamente con sus emociones antes de asentir lentamente. "Está bien," dijo finalmente, aunque el peso de sus palabras indicaba su lucha interna. "Pero mantenme informado," agregó antes de darse la vuelta y alejarse por el pasillo, cada paso resonando con la carga de su preocupación y amor por su hija.

"Se recuperará, pero va a necesitar tiempo y descanso," concluyó el neurólogo, brindando un pequeño consuelo a todos los presentes.

Horas más tarde, Valeria se acomodó en su cama, su mirada se deslizaba hacia la ventana, observando cómo la luz del atardecer se filtraba por las cortinas. Gabriela, sentada a su lado, le sonrió con un afecto que trascendía las palabras.

“Sabes, me asustaste mucho. ¡No vuelvas a hacer algo así!”

Gabriela frunció el ceño, pretendiendo estar enojada.

Valeria, aunque aún se sentía débil, no pudo evitar reírse ligeramente. “No fue mi intención, Gabi. Prometo ser más cuidadosa la próxima vez”, contestó, intentando aligerar el ambiente con un tono juguetón. A pesar de sus diferencias, su relación era un pilar de apoyo y comprensión.

La noche siguiente, mientras Valeria disfrutaba de un refresco que Laura le acababa de traer, sintió un alivio inesperado por el aplazamiento de su boda. Era consciente de que solo era un retraso temporal, pero en ese instante, se sintió liberada de una presión que había estado pesando sobre ella.

Pablo entró en la habitación poco después, su rostro reflejaba la preocupación de un padre al ver a su hija en esa condición. “¿Cómo te sientes?” preguntó con voz suave pero firme.

“Mejor”, respondió Valeria con un tono algo distante, sus ojos seguían fijos en los suyos.

Pablo las observó a ambas, su mirada llena de pensamientos no expresados. “No se queden despiertas muy tarde. Recuerda, Valeria, necesitas descansar para recuperarte”, dijo, mostrando su preocupación paternal.

Valeria asintió levemente, pero no dijo nada más. La tensión entre ellos era palpable, pero las palabras de cariño de su padre rompieron el hielo.

“Descansen, y no olviden que las quiero mucho”, concluyó Pablo antes de retirarse, dejando a las hermanas solas en la habitación.

Gabriela miró a Valeria, sus ojos reflejaban un mosaico de

emociones. "Vale, ¿estás segura de todo esto con Diego? No tienes que hacer nada que no quieras", dijo en voz baja, mostrando su preocupación y cariño por su hermana.

Valeria se quedó en silencio por un momento, las palabras de Gabriela resonando en su mente. "Gabi, no es algo de lo que quiero hablar ahora, por favor," respondió con un tono suave pero firme, evitando mirar directamente a su hermana. En el fondo, sabía que tenía razón, pero enfrentar la realidad de sus sentimientos y las expectativas de su familia era abrumador.

Luego, su atención se desvió hacia Gabriela, consciente de los propios desafíos que enfrentaba" ¿Cómo vas con tu tratamiento?" preguntó, tocando un tema delicado pero necesario.

Gabriela desvió la mirada, un gesto que revelaba la lucha interna que enfrentaba a diario. "Estoy... estoy manejándolo. Algunos días son más difíciles que otros, pero estoy luchando," respondió con una voz que denotaba tanto determinación como fragilidad.

Valeria asintió, comprendiendo la complejidad de los desafíos de su hermana. "Papá ha estado apoyándote, ¿verdad? Eso debe ser de gran ayuda para ti."

Gabriela sonrió débilmente. "Sí, su apoyo me ha ayudado mucho. A veces, siento que lo decepciono, pero él nunca deja de creer en mí."

"Nunca lo harás, Gabi. Todos sabemos lo fuerte que eres y lo mucho que estás luchando," dijo Valeria, ofreciendo palabras de aliento.

Gabriela asintió, agradecida por el apoyo incondicional de su familia. "Gracias, hermanita. Significa mucho para mí saber que tengo mi familia a mi lado."

Las dos continuaron charlando, abordando temas más ligeros, pero a medida que la noche avanzaba, el cansancio comenzó a pesar sobre ellas.

“Creo que deberíamos dormir un poco,” sugirió Valeria, bostezando suavemente.

Gabriela estuvo de acuerdo, y ambas se prepararon para la noche. En la oscuridad y el silencio de la habitación, cada una se sumergió en sus propios pensamientos hasta quedar dormidas.

***

Mientras Valeria se recuperaba de su accidente, los preparativos para la boda continuaban. Aunque su salud mejoraba día a día, aún sentía una sensación de irrealidad sobre los eventos que se avecinaban. Una tarde, mientras revisaba algunos detalles finales con Diego, el tema de la luna de miel surgió.

Sentados juntos en el salón de la casa de Valeria, con catálogos de destinos exóticos esparcidos a su alrededor, Diego miró a Valeria con una sonrisa expectante. "¿Qué te parece Tahití para nuestra luna de miel? Siempre he querido visitar esas playas paradisíacas," sugirió con un brillo de emoción en sus ojos.

Valeria, aún envuelta en una manta, asintió lentamente, su mente viajando a las imágenes de playas de arena blanca y aguas cristalinas. "Tahití suena increíble," dijo, permitiéndose un momento de entusiasmo.

Diego se acercó a ella, tomó su mano y la besó suavemente. "Será un viaje inolvidable. Justo lo que necesitamos después de todo lo que ha pasado."

En los días que siguieron, mientras Valeria continuaba

recuperándose, la idea de Tahití como su destino de luna de miel se arraigó. La posibilidad de escapar a un rincón del mundo lejos de los recuerdos y las presiones de su vida actual se convirtió en algo que esperaba con ansias.

La recuperación de Valeria y los preparativos para la boda se entrelazaron, cada día acercándola más al momento en que caminaría hacia el altar y, posteriormente, hacia una inolvidable aventura en las islas del Pacífico Sur.

***

La celebración de la boda en la iglesia fue un evento hermoso y emotivo. Las familias de Diego y Valeria se unieron en la ceremonia, cada una aportando su propia alegría y expectativas a la unión. La iglesia, una estructura antigua de piedra con vitrales coloridos, estaba decorada con elegancia, flores blancas y doradas adornaban el altar, y la luz suave de las velas creaba una atmósfera íntima y sagrada.

El interior se llenó de un silencio reverente cuando Valeria, vestida con un traje de novia impresionantemente bello, comenzó su caminata hacia el altar. La luz filtrada a través de los vitrales bañaba el pasillo con tonalidades de ámbar y rubí, creando un ambiente mágico y solemne.

Diego, parado en el altar, no podía apartar la vista de ella. Se veía absolutamente radiante, y su corazón latía con una mezcla de amor y nerviosismo. A su lado, Gabriela observaba la escena con una sonrisa suave pero pensativa, sabiendo cuánto había costado a Valeria llegar a este punto.

El sacerdote comenzó la ceremonia, y la voz serena y cálida resonó en los arcos góticos de la iglesia. Las familias de ambos, sentadas en los bancos, observaban con expresiones de felicidad y algunas, como Laura, con lágrimas de emoción.

Al intercambiar votos, Diego miró a Valeria directamente a los ojos, "Te prometo amarte, respetarte y cuidarte, en los buenos y malos momentos, en la salud y en la enfermedad, todos los días de mi vida". Valeria, con voz temblorosa pero clara, repitió sus votos, su mirada reflejando una complejidad de emociones.

Después de la ceremonia, la recepción se llevó a cabo en uno de los hoteles más lujosos, donde los invitados disfrutaron de una exquisita cena y una noche llena de baile y celebración. Durante toda la noche, Valeria y Diego estuvieron rodeados de familiares y amigos, todos compartiendo en la alegría del momento.

Gabriela, siempre animada y charlatana, se movía entre los invitados, compartiendo chistes y anécdotas. En un momento, se acercó a Valeria y le susurró, "Te ves increíble. Espero que seas muy feliz".

“Gracias, Gabi,” respondió Valeria, tomando las manos de su hermana con afecto. La conexión entre ellas era fuerte, un lazo que iba más allá de las palabras, un lazo de hermanas que compartían tanto alegrías como preocupaciones.

La celebración de la boda terminó en un ambiente lleno de alegría y nostalgia. Tras despedirse de los invitados, Valeria y Diego regresaron brevemente a casa para cambiarse y prepararse para su luna de miel. Valeria se quitó su vestido de novia, sustituyéndolo por una ropa más cómoda y apropiada para viajar. Juntos recogieron las maletas que ya habían preparado y partieron hacia el aeropuerto.

Mientras el auto se deslizaba por las calles, Valeria miraba a través de la ventana hacia la noche estrellada, sumida en sus pensamientos. Se preguntaba qué le depararía el futuro, consciente de que estaba comenzando una nueva etapa en su vida, llena de promesas y posibilidades. Al lado de Diego, se sentía segura y esperanzada.

El largo viaje a Tahití, a bordo del lujoso avión privado de la familia de Diego, fue notablemente cómodo. En el interior del avión, Valeria y Diego disfrutaron de todas las comodidades: asientos reclinables que se convertían en camas, una selección exquisita de comidas y bebidas, y entretenimiento a su disposición. El tiempo pasó rápidamente entre conversaciones, películas y momentos de descanso, envueltos en una atmósfera de privacidad y lujo.

Al llegar a Tahití, ambos se sentían renovados a pesar del largo vuelo. Fueron recibidos con una cálida bienvenida, y la exuberancia tropical de la isla les envolvió instantáneamente. Las palmeras se balanceaban suavemente bajo el sol brillante, y la brisa marina traía consigo aromas de flores y mar. En ese instante, mientras absorbían la belleza del lugar, Valeria y Diego se sintieron verdaderamente lejos de todo, sumergidos en un mundo de escape y aventura.

Los primeros días en la isla estuvieron llenos de descubrimientos. Pasearon por playas de arena blanca, donde el sol besaba sus cuerpos y el agua cristalina los invitaba a sumergirse. Cada noche, cenaban bajo un cielo estrellado, acompañados por el suave sonido de las olas rompiendo en la orilla. Las comidas eran un festín de sabores exóticos, frutas frescas y mariscos que capturaban la esencia del Pacífico.

Uno de los momentos más memorables de sus noches en Tahití fueron las presentaciones de bailes polinesios. Valeria y Diego se encontraron fascinados por el ritmo hipnótico de los tambores y el movimiento fluido y expresivo de los bailarines. Los trajes vibrantes y las danzas llenas de pasión y tradición les transportaban a un mundo ancestral, lleno de mitos y leyendas del Pacífico. Cada movimiento de los bailarines contaba una historia, un relato de amor, guerra y celebración que resonaba profundamente en ellos.

Durante su estancia, también se aventuraron a explorar las islas cercanas, cada una con su propia personalidad única. Se maravillaron con la diversidad de la vida marina mientras buceaban, observando coloridos peces y corales vibrantes que adornaban el océano. En tierra, la vegetación era un tapiz de verdes intensos y flores tropicales que pintaban el paisaje.

Las noches en Tahití, con sus bailes polinesios, eran una invitación a soñar despiertos, una experiencia que Valeria y Diego llevarían consigo mucho después de su regreso a casa.

También se adentraron en el interior de la isla, descubriendo cascadas escondidas y senderos que serpenteaban a través de la densa selva. Los sonidos de la naturaleza, desde el canto de los pájaros exóticos hasta el susurro de las hojas, creaban una melodía encantadora.

Sin embargo, a pesar de la belleza y la serenidad del lugar, Valeria se encontraba a menudo perdida en sus pensamientos, con la imagen de Adrián apareciendo inesperadamente en su mente. Aunque disfrutaba de la compañía de Diego y estaba sinceramente comprometida en hacer que su matrimonio funcionara, había momentos en que el recuerdo de su amor pasado la envolvía en una ola de nostalgia.

Diego, por su parte, estaba completamente absorto en el presente, disfrutando de cada momento con Valeria. Se esforzaba por hacer de la luna de miel una experiencia inolvidable, aunque a veces percibía una distancia en la mirada de Valeria, una distancia que no podía atravesar.

La luna de miel fue un refugio de tranquilidad, un tiempo para ellos como pareja para empezar su vida juntos, pero también un tiempo de reflexión interna para Valeria, un tiempo para reconciliar su presente con los ecos de su pasado.

CAPITULO 23: UN INEVITABLE ADIÓS

Adrián se encontraba sumido en sus pensamientos, un torbellino de emociones que no lograba calmar. Rocío, sentada a su lado, lo observaba con una mezcla de amor y preocupación. La noticia del matrimonio de Valeria había dejado a Adrián en un estado de desolación, cada día se tornaba más sombrío, y su aislamiento lo alejaba de todos, incluso de ella.

"¿Qué te sucede, Adrián?", preguntó Rocío, su voz suave pero firme. "Te he visto distante, perdido en tus pensamientos".

Adrián desvió la mirada, intentando ocultar su dolor. "No es nada, Rocío. No te preocupes por mí".

Rocío suspiró, sabía que había más. "¿Es Valeria?", inquirió, acercándose más a él.

Adrián la miró, sus ojos reflejaban una tormenta interna. "No quiero lastimarte, Rocío", confesó, su voz era un susurro cargado de dolor.

Rocío se apartó ligeramente, las lágrimas empezaron a acumularse en sus ojos. "Necesitamos hablar de esto, Adrián. No puedo seguir viéndote así. Me duele porque te amo, y sé que tú... tú no sientes lo mismo por mí".

"No llores, por favor", suplicó Adrián, su voz quebrada por la emoción. Extendió sus brazos y la atrajo hacia él, envolviéndola en un abrazo reconfortante.

Rocío se recostó contra su pecho desnudo, permitiendo que sus lágrimas fluyeran libremente. "Desearía que las cosas fueran diferentes entre nosotros", sollozó. "Te quiero tanto, Adrián, pero sé que tu corazón pertenece a otra".

Adrián la abrazó con más fuerza, sintiendo un nudo en la garganta. "Yo también lo deseo, Rocío. Pero no puedo... no puedo olvidarla".

Permanecieron en silencio, abrazados, cada uno perdido en sus propios pensamientos y dolores. Finalmente, vencidos por el agotamiento, se recostaron en la cama, quedando dormidos en un abrazo melancólico.

Al despertar, Adrián notó la ausencia de Rocío. La cama estaba vacía, y un silencio pesado llenaba la habitación. Comprendió que ella había partido a la academia de música sin despertarlo. Se quedó allí, mirando al techo, deseando que las cosas hubieran sido diferentes. Si no hubiera conocido a Valeria, Rocío podría haber sido su compañera.

Los días que siguieron fueron un silencio incómodo entre Adrián y Rocío. Ella, herida por su rechazo, apenas le hablaba. Adrián, atrapado en un torbellino de emociones, no encontraba las palabras para aliviar la situación. Sentía cariño por Rocío, incluso amor, pero no era el mismo amor profundo y apasionado que sentía por Valeria.

Cuando el fin de semana llegó y Rocío no respondió a sus llamadas, Adrián entendió el mensaje. No insistió más, respetando su necesidad de espacio. Pero su ausencia le dejó un vacío, una sensación de pérdida que no esperaba sentir.

El lunes, al volver a la academia de música, Adrián notó de inmediato la falta de Rocío. La atmósfera parecía distinta sin su presencia.

"¿Has sabido de Rocío?" preguntó a Luigi, el propietario de la academia, con quien había desarrollado una buena amistad.

"¿No lo sabías? Renunció a su trabajo", respondió Luigi, mirándolo con sorpresa.

La noticia cayó sobre Adrián como un balde de agua fría. "No, no lo sabía", murmuró, sintiendo un nudo en el estómago.

"Te dejó una carta", añadió Luigi, abriendo una gaveta de su escritorio y entregándosela.

Adrián tomó la carta con manos temblorosas y se retiró a un rincón tranquilo para leerla. Las palabras de Rocío estaban impregnadas de amor y dolor. Le explicaba que, aunque lo amaba profundamente, no podía seguir con él sabiendo que su corazón pertenecía a otra persona. Decidía marcharse a vivir con sus padres por un tiempo, en busca de un nuevo comienzo.

Adrián sintió un vacío al terminar de leer. Quería ir tras ella, pedirle que regresara, pero sabía que no tenía nada que ofrecerle. No podía pedirle que se quedara sabiendo que no podía corresponder a su amor como ella merecía.

En los días que siguieron al adiós de Rocío, una profunda soledad se apoderó de él y renunció a su trabajo en la escuela de música. La ausencia de Rocío y los recuerdos de Valeria se entrelazaban en un laberinto de melancolía y desazón. Buscaba refugio en su música, en las teclas de su viejo piano que vibraban bajo sus dedos hasta bien entrada la noche.

El piano se había convertido en su confidente, el depositario de sus emociones más profundas y sus anhelos. Las notas que fluían eran a la vez un desahogo y un recordatorio de todo lo que había perdido. La música llenaba la casa, pero no el vacío en su corazón. Terminaba sus noches con Sueño de Amor, la bella melodía que tocaba para Valeria.

Su madre, siempre presente, lo observaba con una tristeza que no podía disimular. Intentaba ofrecerle consuelo con su amor y cuidados, consciente de que había heridas en el corazón de Adrián que ella no podía curar. A menudo, pasaba largas horas sentada cerca del piano, escuchando las melodías que Adrián tocaba, con las lágrimas empañando sus ojos.

La pérdida de su carrera como concertista pesaba en Adrián como una sombra. Recordaba los aplausos, la admiración, la emoción de estar en el escenario, compartiendo su arte con el mundo. Ahora, esas memorias se sentían lejanas, casi irreales. Sabía que no volvería a vivir esos momentos de gloria. La cruda realidad de su situación actual, marcada por una injusticia que no podía remediar, le infundía una profunda amargura, una sensación de impotencia que lo acosaba en sus momentos más vulnerables.

En las noches, cuando el cansancio finalmente vencía su impulso de tocar, se arrastraba a su cama, dejándose caer en ella pesadamente con un suspiro. A veces, en la quietud de esas horas, permitía que su mente vagara hacia lo que pudo haber sido, hacia un futuro que una vez pareció tan seguro y ahora se había convertido en solo un recuerdo.

CAPITULO 24: NUEVOS DESAFÍOS

Pablo llamó a Valeria a su despacho una tarde soleada. La amplia oficina, adornada con recuerdos de una vida de éxitos empresariales, reflejaba la magnitud de su legado. Valeria entró, consciente de la solemnidad del momento.

"Valeria, quiero hablar contigo sobre algo importante," comenzó Pablo, su voz reflejando una mezcla de seriedad y calidez. "He decidido retirarme y quiero que tomes control total de la empresa."

Valeria, sorprendida, se sentó frente a él. "Papá, eso es... es una gran responsabilidad. ¿Estás seguro?"

"Sí," respondió Pablo con firmeza. "Tienes la habilidad y la inteligencia para hacerlo. Tu trabajo y resultados como vicepresidente lo han demostrado. Además, soy dueño del 60% de las acciones. Puedo hacer lo que me dé la gana y los otros accionistas soportarán la decisión. Es hora de que yo me dedique a tu madre y a mí."

"Pero, ¿y qué hay de Diego y de nuestros compromisos? Nuestras vidas ya son increíblemente ocupadas," objetó Valeria, pensativa.

"Lo sé, hija. Pero también sé que puedes manejarlo. Diego tiene sus propias responsabilidades y tú las tuyas. Juntos, como pareja, encontrarán la manera."

Valeria asintió, aún abrumada por la noticia. "Lo pensaré, papá. Quiero hacer lo correcto."

"Confío en ti," dijo Pablo, ofreciéndole una sonrisa de apoyo.

Tras la reunión con su padre, Valeria se encontró reflexionando sobre su nueva realidad. A pesar de la opulencia que la rodeaba, su matrimonio con Diego se sentía a veces más como una asociación estratégica que como una unión apasionada. El poco tiempo que pasaban juntos era agradable, pero no llenaba completamente el vacío emocional que sentía.

Esa noche, al encontrarse con Gabriela, la preocupación por su hermana la golpeó con fuerza. Gabriela había vuelto a caer en su lucha contra las drogas.

"Gabriela, necesitas ayuda," dijo Valeria, su voz llena de preocupación.

Gabriela, con los ojos vidriosos, evitó su mirada. "Lo sé, Valeria. Pero es más difícil de lo que piensas."

"Vamos a buscar la mejor ayuda posible. No estás sola en esto," aseguró Valeria, tomando las manos de su hermana entre las suyas.

Días más tarde, Laura, con la voz temblorosa y al borde del llanto, trató de mantener la compostura mientras hablaba con su hija. "Valeria, lo siento mucho por interrumpirte, pero... Gabriela ha tomado una sobredosis y está en el hospital."

"¿Cómo está?" preguntó Valeria, su voz se quebró ligeramente.

"No... no está bien, hija. Está en una situación crítica. Creo que deberías venir," dijo Laura, con Pablo a su lado, su rostro reflejando la misma preocupación y miedo.

Valeria sintió cómo su mundo se detenía por un

momento. A pesar de estar siempre consciente de la lucha de Gabriela con las adicciones, la realidad de la situación golpeó con una fuerza devastadora. "Está bien, mamá, estoy en camino."

Valeria colgó el teléfono y se apresuró a salir de su oficina. "Tengo una emergencia familiar y no sé cuándo regresaré. Llámame solo si es absolutamente necesario," dijo rápidamente a su secretaria, su voz apenas disimulando su angustia.

Tomando su cartera, salió apresuradamente hacia su auto. Mientras conducía al hospital, su mente estaba inundada de recuerdos y preocupaciones. Cada latido de su corazón parecía resonar con el temor de lo que podría encontrar al llegar.

Cuando Valeria llegó al hospital, el ambiente era tenso. En la sala de espera, encontró a sus padres, Laura y Pablo, con expresiones de angustia y preocupación. Se acercó a ellos, el corazón latiendo fuertemente por la ansiedad.

"¿Cómo está Gabriela?" preguntó Valeria, su voz apenas audible.

"Los médicos están haciendo todo lo posible," respondió Laura, su voz temblorosa. "Le administraron un antídoto y están estabilizando sus signos vitales. Dijeron que fue una sobredosis grave."

Valeria asintió, sintiendo un nudo en el estómago. Se sentó junto a sus padres, esperando en silencio, cada uno sumido en sus propios pensamientos y preocupaciones.

La reflexión de Valeria fue rápida pero intensa. Por un momento, la idea de llamar a Adrián cruzó su mente. Gabriela siempre había tenido un cariño especial por él, y Valeria no podía evitar pensar que su presencia podría ser un consuelo en un momento tan crítico. Sin embargo, casi tan pronto como la idea apareció, la descartó. Le parecía demasiado a una llamada de auxilio, una búsqueda de soporte en alguien que ya no formaba parte de su vida de esa manera. Además, no quería reavivar viejos sentimientos o complicar aún más la situación. Con un suspiro, Valeria centró su atención de nuevo en el presente, en su hermana y en la crisis que enfrentaban.

Después de una espera que pareció interminable, un médico se acercó a ellos. "Gabriela está estable ahora," anunció con un tono de cauteloso optimismo. "Ha sido un momento crítico, pero hemos logrado revertir los efectos más graves de la sobredosis. Ahora, necesitará tiempo para recuperarse y, por supuesto, un seguimiento médico y apoyo."

Gabriela, aunque aún en recuperación, había pasado la fase crítica. Ahora reposaba en una cama de hospital, rodeada de monitores y equipos médicos. Su respiración era regular, aunque todavía estaba bajo el efecto de medicamentos y sedantes.

Valeria se acercó a la cama de Gabriela y tomó su mano. "Vamos, Gabi, tienes que recuperarte, no te dejes vencer " susurró, sintiendo un nudo en la garganta.

Laura, de pie junto a Valeria, añadió suavemente, "Ella es fuerte, verás lo pronto que regresa a casa"

Valeria se quedó un momento más al lado de la cama de Gabriela, acariciando su mano con delicadeza. Respiró hondo, intentando recobrar la compostura antes de alejarse para llamar a Diego. Sabía que necesitaba informarle sobre la situación, aunque le costara expresar en palabras el miedo y la ansiedad que sentía.

Caminó hacia un rincón tranquilo de la sala de espera, su corazón aún latiendo con fuerza por la preocupación. Sacó su teléfono y marcó el número de Diego, preparándose para la conversación. Se encontraba fuera del país en asuntos de negocios.

Diego respondió de inmediato a la llamada de Valeria, su voz transmitía preocupación incluso a través de la distancia. "¿Cómo está ella? ¿Cómo estás tú?" preguntó, su tono reflejando la urgencia del momento.

"Está estable ahora, pero ha sido un susto enorme. Vamos a quedarnos con ella esta noche, no quiero dejarla sola," explicó Valeria, tratando de mantener la calma en su voz a pesar del torbellino de emociones que sentía.

"Entiendo, amor. Haces bien en quedarte. Dile que estoy pensando en ella, y tú también cuídate, por favor," dijo Diego, su voz suave pero firme.

"Lo haré, gracias," respondió Valeria. A pesar de la preocupación, se sentía reconfortada por el apoyo de Diego, aunque estuviera lejos.

"Te llamaré más tarde para saber cómo van las cosas," dijo Diego antes de despedirse.

Los días en el hospital pasaban lentamente para Gabriela, cada uno marcado por la constante presencia de su familia. Los padres de Gabriela se turnaban durante el día, mientras que Valeria se aseguraba de estar allí por la noche. No querían dejarla sola ni un instante.

Una noche, cuando Gabriela estaba lo suficientemente fuerte para mantener una conversación, Valeria se sentó a su lado en la habitación del hospital.

"Gabriela, he estado pensando..." comenzó Valeria,

tomando la mano de su hermana con suavidad. "Quiero que te vengas a vivir conmigo."

Gabriela la miró, sorprendida por la oferta. "¿En serio? ¿Estás segura?"

"Sí, totalmente," respondió Valeria con firmeza. "Siempre hemos sido inseparables, y creo que puedo ayudarte más si estás conmigo. Además, me haces mucha falta."

Gabriela sonrió débilmente, agradecida. "Eso suena maravilloso. Te extraño tanto."

Cuando Gabriela fue dada de alta, se mudó con Valeria. Su presencia llenó un vacío en la vida de Valeria, aportando una energía y un espíritu vivaz que hacía mucho más llevaderos los días y la acompañaba cuando tenía que viajar por negocios, convirtiéndose en una compañera de viaje indispensable. Los fines de semana solían ir a la finca, disfrutando del aire libre y montando a caballo. Diego se unía a ellas cuando sus compromisos de negocios se lo permitían. Juntos compartían momentos de felicidad, cada uno haciendo lo mejor que podía con las complicaciones de sus vidas.

Estos momentos en la finca eran una especie de refugio para todos ellos, un lugar donde podían relajarse y ser ellos mismos, lejos de las presiones y los desafíos del mundo exterior.

En los momentos de tranquilidad, cuando la conversación fluía libremente entre ellas en la amplia y acogedora sala de estar de Valeria, a veces, de manera inevitable, el nombre de Adrián emergía entre sus palabras. Aunque era un tema que llevaba consigo una mezcla de dolor y nostalgia, era imposible para ambas no evocar su recuerdo.

Gabriela, siempre impetuosa y con un interés insaciable por todo lo que sucedía a su alrededor, se mantenía sorprendentemente informada sobre la vida de Adrián. A menudo, compartía detalles que encontraba en las redes sociales o a través de amigos comunes, lo que le daba un conocimiento casi actualizado de sus andanzas.

"¿Sabías que Adrián está enseñando música de nuevo en otra academia?" comentó Gabriela en una tarde de domingo, mientras hojeaban una revista juntas.

Valeria levantó la vista, sorprendida por la noticia, pero intentó mantener una expresión neutral. "No, no lo sabía," respondió con cautela, sintiendo cómo el nombre de Adrián evocaba un torbellino de emociones que prefería mantener a raya.

Gabriela la miró, sus ojos revelaban una mezcla de preocupación y curiosidad. "A veces me pregunto cómo sería nuestra vida si...," su voz se desvaneció, dejando la pregunta flotando en el aire.

Valeria dejó la revista a un lado y miró a Gabriela. "La vida está llena de 'y si...', Gabi. Pero tenemos que vivir con las decisiones que tomamos," dijo, forzando una sonrisa mientras luchaba con sus propios sentimientos enterrados.

El recuerdo de Adrián seguía siendo una sombra en sus vidas, un capítulo que nunca se cerró completamente.

CAPITULO 25: DESENTRAÑANDO LA VERDAD

Bellini miró su reloj por enésima vez esa mañana antes de atender otra llamada. Su asistenta, usualmente puntual y eficiente, aún no había llegado al despacho. En los últimos meses, ella había enfrentado una serie de desafíos personales que Bellini conocía bien. Su hijo menor había estado enfermo con frecuencia, lo que la obligaba a ausentarse o llegar tarde mientras atendía sus necesidades médicas. Además, problemas con su esposo añadían estrés a su ya complicada situación.

A pesar de estos contratiempos, Bellini sabía que podía confiar en ella para manejar eficientemente sus asuntos cuando estaba presente. Su habilidad para organizar el caos de su despacho y manejar los complejos calendarios judiciales era insustituible.

"Bellini, soy Vittorio. ¿Cómo va tu día?" preguntó al responder Bellini a su llamada telefónica. Vittorio era el detective privado que Bellini había contratado para investigar más a fondo el caso de Adrián. La situación de Adrián había captado profundamente la atención de Bellini; algo en su instinto le indicaba que había mucho más detrás de la historia oficial. Había desarrollado una especial afinidad hacia Adrián y decidió investigar el caso personalmente, costeándolo de su propio bolsillo. La falta de dinero no era un problema para él.

"Mi día va bastante bien. Espero que tengas algo para mí", respondió Bellini, su interés evidente. Habían pasado meses investigando el caso sin resultados concretos.

"No tengo nada definitivo todavía, pero estoy siguiendo una pista prometedora", dijo Vittorio. "Un informante de confianza me habló de un vendedor de drogas, un tal Gerardo, quien mencionó que alguien le pagó para plantar la cocaína en el cuarto de Adrián."

"¡Lo sabía!" se dijo Bellini en silencio. Su instinto raramente lo llevaba por caminos equivocados. Se imaginaba el momento en que le llevaría la información al fiscal, podía ver su rostro en su mente. Se lo debían a Adrián; le habían destruido la vida. "¿Qué vas a hacer?"

"Por el momento no lo sé, solo te llamé para informarte que encontré algo", dijo Vittorio, su voz revelando un matiz de precaución. "Tengo que actuar con mucho cuidado en esto. No quiero terminar con un balazo en un callejón por meterme donde no me llaman."

"Mantenme informado, Vittorio, y ten mucho cuidado", respondió Bellini, su tono reflejando tanto preocupación como urgencia. "Esta situación es más peligrosa de lo que pensábamos. No te arriesgues innecesariamente."

"Lo tendré en cuenta", aseguró Vittorio, aunque ambos sabían que su trabajo siempre implicaba riesgos.

Tras una breve pausa, llena de un entendimiento tácito sobre los peligros de su profesión, se despidieron con la promesa de mantenerse en contacto. "Hablaremos pronto", concluyó Bellini antes de colgar, quedando sumido en sus pensamientos sobre las posibles ramificaciones de lo que Vittorio había descubierto.

Vittorio, era un hombre de mediana edad con un aire de astucia y experiencia. De estatura media y complexión robusta, su presencia imponía respeto, aunque su rostro revelaba las líneas de una vida dedicada a desentrañar misterios y enfrentar peligros.

Vittorio se había labrado una reputación como uno de los mejores detectives privados de la región. Su carrera había comenzado en la fuerza policial, donde rápidamente se distinguió por su inteligencia y su habilidad para resolver casos complejos. Después de varios años, decidió usar su talento de manera independiente, convirtiéndose en un detective privado muy solicitado por su habilidad para encontrar la verdad en situaciones enmarañadas.

Para Bellini, Vittorio era más que un simple detective; era un aliado invaluable y un amigo en quien confiar. Bellini sabía que, con Vittorio trabajando en el caso de Adrián, no dejaría piedra sin mover hasta descubrir la verdad.

Después de colgar el teléfono, Bellini se quedó sentado en su silla, su mirada fija en la nada. La información que Vittorio acababa de proporcionarle era una pieza vital, una que podía darle la respuesta que buscaba.

"¿Así que alguien pagó para incriminar a Adrián?" murmuró para sí mismo, su mente trabajando a toda velocidad. "Esto cambia todo."

Se levantó y comenzó a pasear por su oficina, sus pasos marcando un ritmo constante mientras reflexionaba sobre la nueva información.

Se detuvo frente a la ventana, mirando la vista panorámica de la ciudad. "¿Quién se beneficiaría con la caída de Adrián? ¿Quién tendría tanto que ganar como para arriesgarse a un acto tan desesperado?" Las preguntas se agolpaban en su cabeza, cada una abriendo nuevas líneas de investigación.

Tomando su teléfono nuevamente, marcó el número de Vittorio. "Necesitamos profundizar en lo que me acabas de decir lo mas pronto posible," dijo tan pronto como el detective contestó. "Esta pista podría ser la clave para desentrañar todo el caso."

"Entendido," respondió Vittorio desde el otro lado de la línea. "Estoy en ello. Pero como dije, necesito moverme con precaución. Quienquiera que esté detrás de esto no dudará en proteger sus secretos."

"Sí, ten mucho cuidado" insistió Bellini, su voz reflejando una preocupación palpable. Conocía bien los peligros que implicaba indagar en los turbios asuntos del mundo del narcotráfico. "Y mantenme informado de cada paso que des. No te arriesgues innecesariamente, Vittorio."

Bellini colgó el teléfono, pero la sensación de inquietud no lo abandonó. Sabía que su detective estaba poniendo su vida en juego, y aunque confiaba en su habilidad y experiencia, no podía evitar sentirse responsable.

***

El silencio de la noche era inquietante, roto por los sonidos lejanos de la ciudad nocturna. Vittorio estacionó su vehículo a pocos metros del club nocturno, un lugar infame en uno de los barrios más sombríos de la ciudad. Desde su auto, la fachada del club se veía desgastada y poco invitadora, un contraste marcado con los destellos de neón que anunciaban un mundo de escape y excesos.

El aire frío de la noche rozaba su piel mientras salía del auto, y una corriente de incertidumbre se entremezclaba con su habitual confianza. La calle estaba bañada por una luz tenue, y cada paso hacia la entrada del club parecía resonar en el silencio envolvente. A pesar de su vasta experiencia en situaciones complicadas, una sensación de nerviosismo invadía a Vittorio.

Empujando la puerta del club, Vittorio se adentró en un mundo completamente diferente. La atmósfera era densa, cargada con el humo de la marihuana y la energía cruda de la noche. Los destellos de luces estroboscópicas y la música estridente golpeaban sus sentidos. Observó a las bailarinas en el centro del club, cuyos movimientos insinuantes y seductores eran un imán para las miradas lujuriosas de los clientes.

El lugar estaba repleto, un hervidero de personas en busca de placer y olvido. Vittorio escaneó la multitud, su mirada aguda buscando al hombre conocido como Gerardo. Según su contacto, era en este antro donde se había gestado la trampa que había atrapado a Adrián, y Gerardo era la clave para desentrañarla.

Mientras se abría paso entre la multitud, su intuición y años de experiencia le guiaban. Cada gesto, cada mirada en aquel lugar contaba una historia, y Vittorio estaba decidido a descubrir la verdad, sin importar lo turbia que esta pudiera ser. La noche apenas comenzaba, y Vittorio sabía que cada minuto en ese lugar le acercaba más a la respuesta que tanto necesitaba encontrar.

Vittorio se dirigió hacia el bar, su mirada firme y decidida. Se sentó en uno de los bancos y pidió un trago mientras examinaba el lugar, pensativo sobre su próximo movimiento. Tras unos momentos, se volvió hacia el barman, un hombre de aspecto curtido y mirada astuta.

"Estoy buscando a alguien llamado Gerardo," dijo

Vittorio, intentando sonar casual.

El barman arqueó una ceja, su expresión escéptica. “Gerardo, ¿eh? Hay muchos de esos por aquí. ¿Qué Gerardo necesitas?”

Vittorio suspiró levemente. “La verdad es que no sé mucho más. Solo sé que se llama Gerardo y que está involucrado en algo... delicado.”

El barman frunció el ceño, evaluando a Vittorio con una mirada penetrante. “Si solo tienes un nombre, no puedo ayudarte mucho. ¿Por qué lo buscas?”

“Digamos que es por un asunto de drogas,” contestó Vittorio, manteniendo su voz baja.

El barman lo miró con desconfianza. “¿Eres de la policía?”

Vittorio sonrió levemente. “No, soy detective privado. Estoy buscando información y estoy dispuesto a pagar por ella.”

El barman pareció ponderar sus palabras por un momento. “Puedo intentar contactarlo. ¿Qué necesitas saber?”

“Necesito información sobre un trabajo que hizo, algo sobre drogas plantadas en la habitación de un pianista famoso,” explicó Vittorio. “Es un asunto privado entre él y yo, y como te dije, pagaré bien por la información.”

El barman lo observó con cautela, sopesando sus palabras. Tras unos momentos de silencio, asintió con la cabeza. "Vuelve mañana a esta misma hora. Veré si Gerardo está interesado en hablar contigo," dijo, manteniendo su expresión impenetrable.

Vittorio asintió en respuesta al barman y terminó su trago con una rapidez inusual, su mente ya procesando el próximo paso. Con cautela, se abrió paso a través de la multitud ruidosa y dispersa del club. La sensación de peligro se cernía sobre él, un instinto forjado en años de trabajo en las sombras. Sabía que debía ser extremadamente cuidadoso; este mundo no era para los débiles de corazón.

Justo cuando cruzaba el umbral del club, sintiendo la música y el bullicio quedar atrás, Vittorio sintió una mano pesada sobre su hombro, deteniéndolo bruscamente. Un susurro amenazante rozó su oído, "Sigue caminando y no intentes nada, o esto será tu fin", mientras una presión fría y metálica, indudablemente el cañón de una pistola, se presionaba contra su costado.

Vittorio, con su entrenamiento y experiencia, mantuvo la calma exteriormente, aunque por dentro, su mente estaba acelerada, evaluando rápidamente sus opciones. Caminó hacia el exterior, guiado por el agarre firme de sus atacantes. Fuera del club, la oscuridad de la noche apenas era rota por las luces tenues de la calle, creando sombras que se movían furtivamente.

Los dos hombres, cuyas siluetas intimidantes se acentuaban por la penumbra, lo empujaron hacia un callejón cercano, alejado de las miradas curiosas de los transeúntes. Vittorio intuyó que debían haber escuchado su conversación con el barman, lo que explicaría su súbito interés en él.

Una vez sumergidos en la oscuridad del callejón, lejos de cualquier mirada curiosa, sus atacantes comenzaron a golpearlo brutalmente. Vittorio, superado en número y fuerza, intentó defenderse con todas sus habilidades, pero cada golpe que recibía le recordaba la desventaja en la que se encontraba. Los puños y patadas llovían sobre él implacablemente, cada uno transmitiendo un mensaje claro de advertencia y violencia.

Con cada impacto, Vittorio sentía cómo su cuerpo cedía ante el dolor y la sorpresa, preguntándose si este sería el precio que pagar por acercarse demasiado a la verdad. En medio de la paliza, su mente se aferraba a un único pensamiento: sobrevivir.

“No queremos verte más por aquí,” gruñó uno de los hombres, inclinándose hacia Vittorio con una mirada amenazante. “Si vuelves, será tu último día.”

Vittorio, jadeando y tratando de contener el dolor, asintió débilmente. “Está bien, no volveré. Por favor, basta ya.”

El hombre lo pateó dos veces más en las costillas, dejándolo, retorciéndose en el suelo, casi inconsciente. Los atacantes se alejaron, riendo y charlando como si acabaran de compartir una broma en lugar de un acto violento.

Vittorio intentaba recuperar el aliento, cada inhalación era una mezcla de dolor y determinación. Sabía que no podía quedarse allí; tenía que moverse antes de que sus atacantes decidieran regresar o alguien más se interesara en su estado vulnerable. Con un esfuerzo que le pareció titánico, se puso de pie, sosteniéndose contra la pared del callejón por unos instantes, recuperando el equilibrio.

Finalmente, con pasos inestables pero seguros, Vittorio se dirigió hacia su auto. Una vez dentro, se hundió en el asiento, sintiendo cada contusión y golpe en su cuerpo. Sacó un cigarrillo y lo encendió, su mano temblaba ligeramente. Al exhalar el humo, una sonrisa irónica se dibujó en su rostro golpeado.

Recordaba claramente las caras de sus atacantes. Eran

tipos que no se olvidaban fácilmente, con rasgos marcados por una vida de delincuencia. Había visto sus fotos anteriormente en uno de los periódicos locales, vinculadas a un conocido vendedor de drogas que había sido arrestado recientemente, Gerardo Esposito, un nombre que probablemente era falso. Esposito tenía un historial delictivo extenso y estaba involucrado en casos de asesinato.

Mientras el humo del cigarrillo se elevaba en el aire, Vittorio sabía que estaba en el camino correcto. No habrían reaccionado con tanta violencia si no hubiera algo importante que ocultar. A pesar del riesgo, había confirmado las sospechas de Bellini: había más en la historia de Adrián de lo que aparecía en la superficie. La sonrisa de Vittorio se intensificó, con una mezcla de dolor y satisfacción.

El teléfono de Vittorio había sobrevivido intacto en el bolsillo de su saco, a pesar de la agitación. Con dedos que todavía temblaban ligeramente, marcó el número de Bellini. La llamada fue directa al buzón de voz, como esperaba a esas horas de la noche. "Hey Bellini, tengo información para ti. Hablamos mañana. Necesito un trago, esos malditos me dieron una paliza."

Al día siguiente, en la oficina de Bellini, la luz matutina se filtraba a través de las persianas, creando líneas de sombra en el suelo de madera pulida. El ambiente era tranquilo, un contraste con la urgencia de la llamada de Vittorio. Bellini escuchó atentamente el relato de su detective, su rostro reflejando una mezcla de preocupación y determinación.

Decidido a seguir la pista, Bellini se dirigió a la cárcel, un edificio gris y monótono, donde el bullicio y el ajetreo de los reclusos contrastaban con la seriedad de los guardias. Fue escoltado a una sala de entrevistas, donde Gerardo Esposito ya lo esperaba, esposado y de pie, con una mirada de desafío.

"¿Y tú quién carajo eres?" preguntó Esposito, evaluando a Bellini de arriba abajo.

"Mi nombre es Bellini. Soy el abogado que te va a defender si me das la información que busco," dijo Bellini con firmeza, manteniendo una compostura inquebrantable frente a la actitud desafiante de Esposito.

Esposito soltó una carcajada áspera y despectiva. "Lárgate de aquí, tengo mi abogado."

Bellini, imperturbable, insistió. "¿No te interesa saber por qué estoy aquí?"

"Ya me imagino a qué vienes," gruñó Esposito, su mirada despreciativa clavada en Bellini. "Y la respuesta es no. No tengo nada que decirte." Su tono era desafiante, pero una sombra de duda cruzó su mirada por un instante. Recordaba haber sido informado por sus hombres de un detective buscando información sobre él la noche anterior.

"Soy el mejor abogado de la ciudad. ¿Tienes tanta confianza en tu abogado que no considerarás mi ayuda? Si pierdes este caso, no volverás a salir de aquí," afirmó Bellini, su tono era firme, el de un hombre acostumbrado a negociar desde una posición de fuerza.

Esposito, después de unos segundos de contemplación, pareció ceder ante la realidad de su situación. Sabía que su abogado era mediocre en comparación con Bellini. Se sentó lentamente en el banquillo frente a él, su postura menos desafiante. "Está bien, hablemos," dijo finalmente, con un tono de voz que reflejaba su resignación y la curiosidad por lo que Bellini podría ofrecerle.

Bellini asintió, evaluando las palabras de Esposito con una mirada aguda. "Por lo que veo, ya sabes lo que busco. Si tu respuesta es satisfactoria, te defenderé o cooperaré con tu abogado. Incluso puedo pagarte por la información. Tú decides."

Esposito entrecerró los ojos con recelo. "¿Qué garantía tengo de que cumplirás tu promesa?" preguntó, su voz era una mezcla de desconfianza y esperanza. En su mundo, las promesas se rompían tan fácilmente como se hacían.

"Soy un hombre de mi palabra. Si tienes dudas, discútelo con tu abogado. ¿Quieres que hable con él?" propuso Bellini, manteniendo su tono de voz calmado y seguro.

"Como quieras," murmuró Esposito, resignado.

"¿Entonces tenemos un trato?" insistió Bellini, buscando una confirmación clara.

Sí. Tengo la respuesta que buscas. Pero quiero que me defiendas y ayudes a mi hija a salir de esta ciudad. Es una buena mujer que ha tenido mala suerte con los hombres y tiene un hijo que cuidar. No quiero que mis hombres se involucren. La quiero ver lejos de todos ellos para siempre," dijo Esposito, su voz revelando una vulnerabilidad inesperada.

Bellini asintió. "De acuerdo. Ahora, dime, ¿quién te pagó para poner el paquete debajo de la cama?" Bellini evitaba ser especifico. Sabía que las conversaciones con visitantes eran grabadas. Sería diferente cuando lo representara como su abogado.

"No lo sé. Nunca se dejó ver," confesó Esposito, su mirada

se desvió por un momento.

"Eso no me ayuda mucho. Es solo tu palabra, y nadie te va a creer sin más," señaló Bellini, su expresión era seria.

"Tengo detalles sobre el paquete y el producto que solo yo conozco. Eso confirmará que estoy diciendo la verdad," afirmó Esposito, sus ojos brillaban con un atisbo de esperanza.

Bellini sonrió, sabiendo que esto cambiaba todo. "¿Estarías dispuesto a hablar con un periodista?."

"Por supuesto que sí, siempre y cuando cumplas tu parte del trato," aceptó Esposito, su voz firme por primera vez desde que comenzó la conversación.

"De acuerdo," dijo Bellini, levantándose. "Me pondré en contacto con tu abogado hoy mismo para defenderte y te prometo ayudar a tu hija"

Con esa promesa, Bellini salió de la sala de entrevistas, sintiendo que estaba a un paso de cambiar el curso de los acontecimientos. Ahora tenía la pieza clave que necesitaba para desenredar la maraña de mentiras y sombras que envolvieron el caso de Adrián.

CAPITULO 26: LA REVELACIÓN FINAL

La revelación de la verdad detrás del arresto de Adrián García se convirtió en un punto de inflexión crucial en la trayectoria del pianista. La historia, cuidadosamente desenredada por el periodista investigador, se presentó en un programa de televisión que atrajo la atención de la nación y más allá.

La pantalla de televisión mostraba al reportero, un hombre de mediana edad con una mirada aguda, sentado en un estudio bien iluminado. "Buenas noches," comenzó, "esta noche les presentamos una historia de errores judiciales, manipulaciones y una búsqueda incansable de la verdad."

La cámara hizo zoom en su rostro mientras continuaba, "El caso del pianista Adrián García, arrestado por cargos de tráfico de drogas, ha sido un tema de debate y controversia. Pero, ¿qué pasó realmente?"

El programa comenzó con la entrevista a Esposito, un hombre de expresión dura y voz grave. 'Me pagaron para colocar las drogas en su habitación,' confesó, su mirada fija en la cámara, revelando una mezcla de arrepentimiento y desafío. 'No pude ver el rostro de quien me pagó. Se mantuvo en el anonimato en todo momento. Parece que era un enemigo del pianista."

A continuación, la pantalla mostró a la mujer que había afirmado falsamente ser la amante de Adrián. Sentada, con las manos entrelazadas en un gesto nervioso, confesó entre lágrimas: “Me pagaron para decir que estaba con Adrián. Nunca lo conocí personalmente. Lo siento mucho.” Cuando el reportero le preguntó, “¿Quién te pagó?”, ella respondió: “No lo sé, quienquiera que fuese me contactaba por teléfono. No tengo su número y nunca logré verlo en persona."

Finalmente, el reportero confrontó al fiscal Salvatore, asegurando que poseía información detallada sobre el paquete y la composición química de las drogas, detalles que solo alguien directamente involucrado en el caso podría conocer. El fiscal Salvatore, ante esta acusación, se mostró evasivo. “No puedo hacer comentarios sobre un caso cerrado,” dijo, desviando la mirada del reportero, claramente incómodo con las preguntas."

El reportero, con un tono de voz firme y seguro, concluyó el programa: "Este caso pone de manifiesto las fallas de nuestro sistema judicial y la facilidad con que la verdad puede ser manipulada. Esperamos que esta revelación sirva para restaurar la reputación de un hombre inocente y cuestione las prácticas actuales de nuestra justicia."

El programa televisivo que revelaba las verdades ocultas tras el caso de Adrián García no tardó en provocar una oleada de reacciones. Las redes sociales y los medios de comunicación se inundaron de debates y discusiones, muchos de ellos exigiendo una revisión completa del sistema judicial italiano. La noticia se propagó rápidamente, alcanzando cada rincón y provocando un aluvión de opiniones y análisis.

En medio de este torbellino mediático, Laura, que acababa de enterarse de la noticia, sintió una mezcla de alivio y vindicación. Con un brillo de emoción en los ojos, se apresuró a buscar a Pablo. "Pablo, apresúrate, tienes que ver esto," llamó, su voz rebosando urgencia.

Pablo, confundido por el tono de Laura, se unió a ella rápidamente en el cuarto de recreo. En la televisión, las noticias de última hora capturaban la atención de ambos. El reportero en pantalla hablaba del caso de Adrián García y las nuevas revelaciones que exoneraban al pianista.

"Esto es increíble," murmuró Laura, su mirada fija en la pantalla. "Me alegro tanto por Adrián."

Pablo palideció visiblemente, su reacción inesperadamente intensa. Laura lo observó con creciente curiosidad, sabiendo de su antipatía hacia Adrián, pero sin entender su silencio repentino y su expresión de shock.

De repente, sin decir una palabra, Pablo salió del cuarto de recreo, su expresión era una máscara de preocupación y urgencia. Sacó su teléfono móvil del bolsillo con manos temblorosas, marcando un número rápidamente. Laura, impulsada por un sentido de inquietud y curiosidad, decidió seguirlo discretamente, movida por un presentimiento inquietante.

Mientras se escondía detrás de la puerta semiabierta, Laura observaba a Pablo. Estaba visiblemente alterado, su voz temblorosa transmitía un miedo que Laura nunca había presenciado en él. Su corazón latía con fuerza mientras escuchaba cada palabra que su esposo decía, una mezcla de incredulidad y horror creciendo dentro de ella.

"¿Fuiste cuidadoso, Gilberto? Si se descubre que pagamos para que pusieran la cocaína en el cuarto de Adrián podemos terminar en la cárcel," dijo Pablo, su voz apenas un susurro, el miedo impregnando cada sílaba. Era evidente que la situación se estaba saliendo de control, y

Pablo estaba en el centro del caos que había creado.

La respuesta de Gilberto llegó con una calma perturbadora. "No te preocupes, Pablo, fui extremadamente cuidadoso. No hay manera de que nos rastreen. Todo se hizo siguiendo tu plan."

Laura sintió cómo su corazón se hundía al escuchar las palabras de Pablo. La verdad era inconfundible y devastadora. Pablo, el hombre con el que había compartido su vida, había sido el arquitecto de la desgracia de Adrián para alejarlo de Valeria.

Tras colgar el teléfono, Pablo se giró para salir de la habitación, creyendo que estaba solo. Sin embargo, se detuvo abruptamente al encontrarse con Laura, que había escuchado cada palabra de su conversación desde la sombra. La sorpresa y el miedo se apoderaron de él al ver la expresión de ira en el rostro de su esposa.

"¿Cómo pudiste hacerle eso a tu hija?" preguntó Laura, su voz temblorosa de indignación y cólera, su cuerpo temblando ligeramente por la intensidad de sus emociones.

Pablo intentó recuperar la compostura, aunque sabía que estaba acorralado. "Lo hice por su bien. ¿Qué otra razón podría tener?" replicó, tratando de justificar lo injustificable. Sus palabras sonaron vacías incluso para sus propios oídos.

"¡Por su bien! ¿Quién eres tú para tomar decisiones que cambian su vida? Ella amaba a Adrián," Laura casi gritó, su voz cargada de desesperación y cólera. Cada palabra era como un dardo envenenado dirigido al corazón de la traición de Pablo.

Pablo se defendió con frialdad. "El futuro de Valeria está

aquí, con Diego, no con Adrián. Él es un don nadie que solo le puede ofrecer música. Por eso fui a verlo y decirle todo el daño que le había causado a Valeria y no volviera a verla. Hizo lo único decente en su vida y se apartó de ella"

Laura miró a Pablo con un desprecio profundo. "¿Cómo fuiste capaz de hacer tal cosa? Ellos se amaban y Adrián le ofrecía mucho más que eso. Tenía un futuro brillante. No todo es dinero, Pablo," replicó con fuerza. Sus ojos brillaban con lágrimas contenidas, una mezcla de dolor y decepción.

Pablo, visiblemente perturbado pero decidido a no ceder, terminó la conversación abruptamente. "No quiero hablar más de esto. Y no te atrevas a decirle nada a Valeria," dijo antes de darse la vuelta y alejarse, dejando un rastro de frío silencio a su paso.

Laura se quedó sola, abrumada por la magnitud de lo que acababa de descubrir. La furia y la confusión se mezclaban en su interior, creando un torbellino de emociones. Sabía que revelar la verdad podría destruir a su familia, pero también sabía que Valeria merecía saberlo. La decisión pesaba sobre ella como una losa, un dilema que amenazaba con romper el delicado equilibrio de su vida.

***

La noticia de que Valeria estaba en estado fue recibida con júbilo por las dos familias. En medio de la emoción y los preparativos, Valeria y Diego decidieron tomarse unos días para celebrar en la villa de Grecia, invitando también a Gabriela para compartir la alegría.

La villa en Grecia era un oasis de tranquilidad y lujo,

un lugar donde el tiempo parecía detenerse. Rodeada por jardines meticulosamente cuidados y con vistas al resplandeciente mar Mediterráneo, ofrecía el escenario perfecto para el descanso y la diversión. Mientras Diego atendía algunas llamadas de negocios, Valeria y Gabriela disfrutaban del sol y la brisa marina en la amplia terraza.

Aunque el día anterior había estado lleno de aventuras y risas, parasailing sobre las olas azules y bailando en un club nocturno local hasta altas horas de la madrugada, hoy era un día de relajación. Valeria, acariciando su vientre con una sonrisa serena, se sumergía en un libro, mientras Gabriela, con su energía inagotable, se dedicaba a explorar los rincones del jardín, fotografiando flores y mariposas para su colección de recuerdos.

En la suave luz del atardecer, los tres se reunieron para una cena al aire libre, disfrutando de los sabores frescos de la cocina griega y brindando por la nueva vida que pronto se uniría a su familia. La risa y las conversaciones llenaban el aire, y por un momento, las preocupaciones y los desafíos del mundo exterior se desvanecían, dejando solo el calor de la compañía y la promesa de futuros días felices.

Esa noche, Diego, siempre atento a sus negocios, se encontraba en una esquina de la espaciosa sala, hablando por teléfono con sus socios. Valeria, por su parte, estaba acostada en un sofá, mirando un programa de televisión en español, disfrutando de la tranquilidad del momento. Gabriela, inmersa en su mundo digital, deslizaba su dedo por la pantalla de su teléfono, explorando las redes sociales.

De repente, el aire de calma se rompió con los gritos de Gabriela, que saltó de su asiento y corrió hacia Valeria, su rostro una mezcla de asombro y excitación.

"¡Valeria, Valeria! ¡Tienes que ver esto!" exclamó Gabriela, casi sin aliento por la urgencia.

Valeria se incorporó, sorprendida por la repentina interrupción. "¿Qué pasa, Gabriela? ¿Por qué gritas?"

Gabriela extendió su teléfono hacia Valeria, mostrando la pantalla. "Mira, mira esto. ¡Es sobre Adrián!"

Valeria tomó el teléfono, su corazón comenzó a latir rápidamente, con una mezcla de anticipación y nerviosismo invadiéndola. En la pantalla, una noticia de última hora en las redes sociales mostraba un reportaje sobre Adrián, revelando una verdad oculta que cambiaría todo.

Seguido, Valeria se acercó a Diego con el teléfono aún en la mano, su rostro reflejaba una mezcla de incredulidad y alivio. "Diego, mira esto, ¡Adrián es inocente!" exclamó, su voz vibrante de emoción.

Diego, al principio sorprendido por la interrupción, se apartó del teléfono con una disculpa rápida a su socio. "Lo siento, tengo que llamarte más tarde," dijo antes de colgar.

Valeria, notando el cambio en la expresión de Diego, se disculpó. "Lo siento por interrumpirte así. Es solo que... esta noticia sobre Adrián..."

Diego asintió, tratando de disimular su incomodidad. "No te preocupes, entiendo. Es una noticia importante para ti."

Valeria, dándose cuenta de cómo su entusiasmo podía afectar a Diego, intentó moderar su tono. "Sí, es solo... es una gran sorpresa, eso es todo."

Hubo un breve intercambio de miradas, una mezcla de

emociones no dichas flotando en el aire entre ellos. Finalmente, cada uno volvió a lo suyo, Valeria con un torbellino de pensamientos y Diego, claramente afectado, regresó a sus llamadas de negocios.

Valeria se sentó de nuevo, mirando fijamente la pantalla del teléfono. Las palabras del reportaje giraban en su mente, trayendo una mezcla de alegría por la inocencia de Adrián y una complicada red de emociones sobre su propio matrimonio y el futuro.

Valeria se alejó discretamente, buscando un lugar tranquilo para llamar a su madre, a pesar de ser algo tarde en América. Marcó el número y esperó, su corazón aún latiendo fuerte por la noticia. Laura, siempre la había apoyado en su relación con Adrián.

"Mamá, ¿has visto las noticias? ¡Adrián es inocente!" exclamó Valeria en voz baja, intentando contener su emoción.

"Sí, cariño, ya lo sé," respondió Laura, su voz revelaba un tono de alivio y satisfacción. "Me alegro mucho por Adrián. Pero hay algo de lo que necesitamos hablar cuando regreses."

Valeria frunció el ceño, curiosa. "¿De qué se trata, mamá? ¿Hay algún problema?"

Laura hizo una pausa antes de responder. "No es algo que pueda o deba discutir por teléfono. Es importante, Valeria, pero puede esperar hasta que regreses."

La intriga se apoderó de Valeria. "¿Está relacionado con Adrián?"

"No, no exactamente," dijo Laura, esquivando la pregunta. "Hablaremos en persona. Disfruta de tu viaje."

Colgando el teléfono, Valeria se quedó con un sentimiento de incertidumbre. Pensó en su padre y en Diego. ¿Podría estar relacionado con ellos? Sacudió la cabeza, negándose a creer que su familia tuviera algo que ver con lo sucedido a Adrián.

CAPITULO 27: LA VERDAD SALE A LA LUZ

Adrián se sorprendió agradablemente al escuchar la voz de Rocío al otro lado de la línea al contestar su llamada, no la esperaba. Una voz que había echado de menos más de lo que quería admitir.

"Hola, Rocío," saludó Adrián, su corazón comenzó a latir más rápido. "Es... es bueno escucharte."

"Adrián, ¿has visto las noticias?" preguntó Rocío, su voz estaba cargada de urgencia.

"No, no lo he hecho. ¿Qué está pasando?" respondió Adrián, con una sensación de ansiedad creciendo en su interior.

"Todo se ha aclarado. El hombre que puso la droga en tu cuarto ha confesado. Alguien le pagó para incriminarte. Y la mujer que afirmó ser tu amante también admitió que era una mentira. Están hablando de ello en todas las noticias," dijo Rocío, su voz vibrando con una mezcla de alivio y alegría.

Un maremoto de emociones inundó a Adrián. "¿Estás segura? ¿De verdad?" balbuceó, apenas procesando la información.

"Sí, lo acabo de ver. Es increíble, Adrián. Finalmente se ha hecho justicia. No sabes cuánto me alegro por ti," afirmó Rocío.

Por un momento, Adrián no pudo hablar. La noticia era como un faro de luz en la oscuridad que había envuelto su vida durante meses. "Gracias, Rocío. Esto... esto cambia todo," dijo finalmente, su voz temblorosa.

Hubo una pausa antes de que Rocío hablara de nuevo. "Adrián, siempre te he querido. Pero tengo que seguir adelante. No puedo vivir en la sombra de alguien más," dijo suavemente, su voz temblorosa indicando la finalidad de la conversación.

Adrián, percibiendo en su tono una despedida inminente, sintió un pinchazo de dolor al escuchar sus palabras. "Rocío, espera. No cuelgues. Hay tanto que decir," rogó, desesperado por mantener la conexión.

"Pero no es justo para ninguno de los dos. Tienes que encontrar tu camino, y yo el mío. Adiós, Adrián," dijo Rocío con firmeza. Y antes de que él pudiera decir algo más, la llamada terminó, dejándolo con un silencio que resonaba con sus pensamientos no dichos.

La habitación parecía girar alrededor de Adrián mientras dejaba caer el teléfono. Luego, con manos temblorosas, encendió la televisión, buscando las noticias. Al principio, solo encontró programas habituales, pero luego, allí estaba: el reportaje, con la entrevista reveladora.

Adrián llamó a sus padres para que fueran a su lado. "Mamá, papá, ¡vengan para que vean las noticias! Es sobre mí... sobre lo que sucedió en Italia."

Mientras veían el reportaje, una mezcla de alivio y renovada esperanza comenzó a llenar su ser. La verdad había salido a la luz.

"¡Adrián, hijo, mira esto! Todo el mundo sabrá que eres inocente," exclamó su madre, lágrimas de alivio y felicidad corriendo por sus mejillas.

El padre de Adrián, normalmente un hombre de pocas palabras, abrazó a su hijo con fuerza. "Siempre supe que esto era un error. Al fin se ha hecho justicia," dijo con voz temblorosa.

Adrián, de pie entre sus padres, se sentía abrumado. La gama de sentimientos que lo embargaba era indescriptible: alivio, incredulidad, y una profunda tristeza por todo lo que había perdido. "¿Pero quién haría algo así? ¿Por qué?" murmuró, más para sí mismo que para alguien en particular.

En el fondo de su mente, una sospecha crecía como una sombra oscura. Recordó las tensiones con Pablo Sandoval, el padre de Valeria, y cómo su relación con ella había sido vista con desdén.

La noticia del caso de Adrián y su inocencia se esparció como un incendio forestal llevado por el viento, atrayendo una avalancha de llamadas y mensajes. Numerosas personas, incluyendo agentes, el director de la filarmónica y viejas amistades, intentaron contactarlo sin poder lograrlo: Avergonzado por su arresto en Italia, había cambiado su número de teléfono.

Aún después de recibir la noticias, Adrián continuaba luchando con sus emociones por todo lo ocurrido, no deseaba hablar con aquellos que dudaron de él o lo abandonaron en su momento más oscuro y permaneció aislado de todos.

Adrián se encontraba solo con sus pensamientos y su piano, el único testigo silencioso de su tormento y su refugio, preguntándose quien lo odiaba tanto como para destruir su vida.

***

El viaje de regreso a América en el avión privado de Diego transcurrió en una atmósfera de tensión palpable. Valeria, sentada cerca de la ventana, miraba el vasto cielo azul, perdida en sus pensamientos. Diego, por su parte, hojeaba una revista de negocios, pero su atención parecía estar en otro lugar. Gabriela, sentada cerca de ellos, jugueteaba con su teléfono, evitando involucrarse en la evidente tensión entre la pareja.

Valeria, consciente del daño que sus palabras sobre Adrián habían causado, sabía que tenía que reparar la brecha que inadvertidamente había creado. Se levantó y se sentó al lado de Diego, tomándole de la mano con gentileza. "Diego, lo siento," comenzó, su voz baja pero firme. "No quise herirte. Eres mi esposo y te amo. Eso es lo que realmente importa."

Diego cerró la revista y se volvió hacia ella. Sus ojos, aunque todavía mostraban rastros de preocupación, se suavizaron. "Lo sé, Valeria. Y yo también te amo. Solo... solo es difícil a veces," admitió, apretando su mano en señal de aprecio.

Valeria asintió, comprendiendo la complejidad de sus emociones. "Sé que no es fácil," dijo y lo besó tiernamente con un toque de labios.

El resto del vuelo se desarrolló en un ambiente de renovada serenidad. Diego y Valeria conversaban animadamente sobre sus planes futuros, particularmente sobre la emoción y las expectativas que rodeaban al bebé que esperaban. Valeria, con una mano sobre su vientre aún plano, compartía sus sueños y esperanzas para su futuro hijo, mientras Diego escuchaba con una sonrisa cariñosa, aportando sus propias ideas y deseos.

Gabriela, desde su asiento, se unía de vez en cuando a la charla, aportando comentarios jocosos y preguntas curiosas que aligeraban el ambiente. A pesar de que la presencia de Adrián todavía se asomaba en sus pensamientos, predominaba en ellos la firme decisión de enfocarse en el presente y en el futuro que estaban construyendo juntos. La expectativa del nuevo miembro de la familia les brindaba un punto en común lleno de alegría y unión.

Tan pronto como regresaron de Grecia, Valeria sintió una mezcla de cansancio del viaje y ansiedad por la conversación que tuvo con su madre. Se dirigió a un rincón tranquilo de su lujosa sala y marcó el número de Laura en su teléfono. Cada tono de llamada aumentaba su intriga y preocupación.

"Voy para allá ahora," dijo Valeria apenas su madre contestó, su voz revelando una mezcla de ansiedad e impaciencia. La incertidumbre la consumía, haciéndola temer que algo grave hubiera sucedido que pudiera involucrar a Diego.

"Ven sola, tu padre no está aquí, es mejor así" fue la respuesta de Laura, sus palabras eran firmes pero su tono suave, como si tratara de amortiguar un impacto.

La petición sorprendió a Valeria, haciéndola fruncir el ceño en confusión. "¿Sola? ¿Por qué sola? ¿Tiene que ver con Diego?" preguntó, incapaz de ocultar el temor en su voz. La posibilidad de que estuviera involucrado la atormentaba.

"No, no tiene que ver con Diego," aseguró Laura,

transmitiendo una calma que contrastaba con la tormenta de emociones de Valeria.

Con la mente todavía llena de preguntas y el corazón aún latiendo con fuerza, Valeria colgó el teléfono. Se quedó un momento en silencio, tratando de adivinar qué podía ser tan importante como para requerir su presencia inmediata y en solitario.

Luego de su llamada con Laura, Valeria se encontró frente a Diego, quien notó de inmediato la preocupación en su rostro.

"¿Todo bien?" preguntó Diego, su mirada reflejando una mezcla de preocupación y confusión.

Valeria forzó una sonrisa, no queriendo transmitirle su inquietud. "Todo bien. Solo... tengo que resolver algo con mi madre. Regreso pronto."

"¿Quieres que te acompañe?" ofreció Diego, dispuesto a estar a su lado para lo que necesitara.

Valeria negó con la cabeza, "No, gracias. Es algo que tengo que hacer sola. Te lo contaré cuando regrese."

Diego asintió, aunque su expresión denotaba una preocupación creciente. "Está bien, pero si necesitas algo, llámame."

Valeria asintió y, tras un rápido beso en la mejilla de Diego, salió rumbo a la casa de sus padres. Mientras conducía, su mente estaba en un torbellino. ¿Qué podría ser tan importante que su madre necesitara hablar en persona y en secreto? La posibilidad de que involucrara a Diego le había hecho temblar por un momento, pero ahora, con esa posibilidad descartada, su mente se llenaba de otras preocupaciones igualmente graves.

El cielo se teñía de tonos crepusculares mientras su vehículo serpenteaba por las calles, llevándola de regreso a un hogar que ahora se sentía cargado de misterio. Al llegar, su corazón latía con una mezcla de anticipación y aprensión.

Al entrar, encontró a su madre sentada en el salón, la mirada perdida en el vacío. La atmósfera era tensa, casi tangible. "Mamá, ¿qué pasa? Me tienes preocupada," dijo Valeria, su voz revelando su inquietud. Su padre no se encontraba en casa.

Laura la miró, sus ojos reflejaban una tormenta de emociones. "Valeria, hay algo que tienes que saber... sobre Adrián y... tu padre."

Valeria se tensó, una sensación de inminente revelación la envolvió. "¿Qué sobre Adrián y papá?"

"Escuché a tu padre hablando por teléfono. Él... él estuvo detrás de lo que le sucedió a Adrián en Italia. Pagó para que le plantaran las drogas y arruinara su carrera," confesó Laura, su voz temblorosa pero firme.

El mundo de Valeria pareció detenerse. Las palabras de su madre golpearon como un martillo, destrozando cada creencia que tenía sobre su familia, sobre su padre. "¿Cómo... cómo puedes estar segura?" preguntó, aunque en su interior, una parte de ella ya conocía la respuesta.

"Lo escuché, Valeria. Con mis propios oídos. Y ahora todo tiene sentido: el arresto de Adrián, la mujer que mintió sobre su relación con él... Todo fue una manipulación de tu padre."

Valeria se dejó caer en un sillón, su mente envuelta en un torbellino de incredulidad y dolor. "Pero, ¿por qué? ¿Por qué haría algo así?"

"Porque pensó que estaba haciendo lo mejor para ti, eligiendo tu futuro, controlando tu vida," explicó Laura, su voz teñida de tristeza y reproche. "Lo más cruel fue pedirle a Adrián que se separara de ti para no seguir arruinando tu vida. Tu padre fue a Italia para exigírselo personalmente. Esa fue la razón por la que Adrián te mintió. Adrián te amaba profundamente."

Valeria se cubrió el rostro con las manos, las lágrimas comenzaron a fluir libremente. La verdad sobre su padre, sobre la injusticia cometida contra Adrián, era demasiado para asimilar. 'Necesito... necesito pensar qué voy a hacer. Voy a tener un hijo con Diego. Todo ha cambiado para mí,' murmuró, Valeria.

Laura observó a Valeria con una mezcla de dolor y preocupación. 'Valeria, lo siento tanto,' dijo, con la voz cargada de emoción. Extendió una mano hacia su hija, un gesto de consuelo y súplica.

Pero Valeria apenas respondió al gesto. Se levantó, su figura temblorosa reflejando el torbellino de emociones que la asaltaban. Sin decir una palabra más, cruzó la habitación y llegó a la puerta, necesitando el fresco aire de la noche para respirar, para procesar la traición inconcebible de su propio padre. La puerta se cerró tras ella con un suave clic, dejando a Laura con el peso de su revelación, acompañada por su soledad y atrapada en una prisión de la que no puede escapar.

Laura se quedó inmóvil, observando la puerta cerrada, sintiendo cómo cada latido de su corazón resonaba en el silencio de la habitación. La confesión que había hecho a su hija, cargada de verdad y dolor, la dejaba con una sensación de vacío y desolación. Las lágrimas comenzaron a brotar, trazando caminos de angustia por sus mejillas.

Había esperado que esta revelación, aunque dolorosa, pudiera de alguna manera liberar a Valeria de las cadenas invisibles que la ataban a decisiones y relaciones que no había elegido. Pero la reacción de Valeria, su silencio y su partida apresurada, habían dejado a Laura temblando ante la magnitud de lo que había desencadenado.

"¿He hecho lo correcto?", se preguntaba Laura en voz baja, su mirada perdida en el espacio vacío que Valeria había dejado atrás. Había esperado alivio, tal vez incluso un entendimiento tardío, pero en su lugar, se encontró con una nueva incertidumbre, una nueva preocupación por el bienestar emocional de su hija.

El reloj de la pared tictaqueaba, marcando el paso del tiempo en una casa que ahora se sentía más fría, más vacía. Laura se levantó lentamente, con la intención de seguir a su hija, pero se detuvo. Sabía que Valeria necesitaba espacio, tiempo para asimilar la verdad y encontrar su propio camino a través del laberinto de emociones y revelaciones.

Con un suspiro pesado, Laura se dirigió hacia la ventana, mirando hacia la oscuridad de la noche, preguntándose si las heridas abiertas aquella noche alguna vez podrían curarse.

CAPITULO 28: EL VIEJO PARQUE

Las hojas de los árboles se desprendieron suavemente en el otoño, cubriendo el suelo con un manto dorado, y en la primavera, los lirios renacieron en el viejo parque, testigos silenciosos del amor que Valeria y Adrián una vez compartieron.

CAPITULO 29: ECOS DE UN AMOR ETERNO

Una tarde de verano, el auto de Diego se deslizó suavemente hasta el frente de la casa de los padres de Valeria, donde Pablo y Laura los esperaban con una mezcla de ansiedad y alegría. El vehículo se detuvo, y en un instante, la tranquilidad se vio interrumpida por la alegría del reencuentro familiar.

Valeria, radiante de felicidad, salió del auto, sosteniendo cuidadosamente a uno de los mellizos en sus brazos, mientras Diego seguía con el otro. El aumento de peso de Valeria no hacía sino acentuar su resplandor materno, su sonrisa reflejando la plenitud que sentía.

"¡Mamá, papá!" exclamó Valeria, mientras sus padres se acercaban para recibir a la familia. Laura extendió sus brazos para abrazar a su hija y a su nieto, mientras Pablo acariciaba con ternura al otro pequeño en brazos de Diego.

Los abuelos se turnaban para sostener a los mellizos, cada uno maravillándose con los pequeños detalles de sus rostros y gestos. Los niños, con sus ojos curiosos y risas contagiosas, eran el centro de atención y amor

La tarde transcurrió en el hermoso patio de la casa, adornado con flores y bajo la sombra de los árboles que se mecían suavemente con la brisa. Mientras los adultos charlaban y compartían anécdotas, los niños jugueteaban en el césped, bajo la atenta mirada de todos.

"Han crecido tanto desde la última vez que los vimos,"

comentó Laura, pasando un dedo por la manita de uno de los bebés.

"Sí, y Valeria, te ves increíble," añadió Pablo, mirando a su hija con un brillo de orgullo en los ojos. "La maternidad te sienta bien."

Valeria sonrió, abrazando a Diego. "Estoy feliz, papá. Muy feliz," dijo, y Diego, con una sonrisa, asintió, apoyando su mano sobre el hombro de Valeria.

Laura observó la escena con una mirada pensativa. Se preguntaba en silencio si Valeria realmente había superado sus sentimientos por Adrián, o si aún en algún rincón de su corazón, guardaba el recuerdo y el ardor de aquel amor.

La tarde se desvaneció en risas y conversaciones amenas, mientras el sol comenzaba a ocultarse, tiñendo el cielo de tonos anaranjados y rosados. En ese momento de unión familiar, todas las preocupaciones y diferencias parecían desvanecerse, dejando solo el calor del amor y la alegría de estar juntos.

La visita había transcurrido en un ambiente de alegría y calidez, pero había una pregunta que Valeria llevaba en su corazón, una preocupación que había evitado mencionar durante el día. Al acercarse el momento de partir, Valeria se apartó un momento de los demás, buscando a su madre para una conversación más íntima.

"¿Mamá, has tenido noticias de Gabriela?" preguntó Valeria con una mezcla de esperanza y temor.

Laura suspiró profundamente, su expresión se tornó sombría. "No mucho, cariño. Solo algunas llamadas esporádicas. Está... está con ese chico," su voz se quebró ligeramente.

Valeria sintió un nudo en el estómago. "¿Y cómo está ella? ¿Está... está bien?"

"Valeria, es complicado," comenzó Laura, su voz temblaba al hablar. "Gabriela y su novio... ellos... se han perdido en un mundo de drogas. Siguen juntos, pero es una relación destructiva. Se endrogan continuamente, y eso solo los arrastra más hacia abajo."

El corazón de Valeria se hundió al escuchar las palabras de su madre. La imagen de su hermana menor, atrapada en un ciclo de adicción, era desgarradora. "¿Pero está a salvo? ¿Dónde están viviendo?"

"Últimamente, según lo poco que nos ha dicho, están en algún lugar en la ciudad, moviéndose de un lugar a otro," respondió Laura con un suspiro. "Hemos intentado todo, Valeria. Hemos ofrecido ayuda, tratamiento, pero Gabriela se niega. Dice que están bien, pero sabemos que no es cierto."

Valeria apretó los labios, luchando contra la frustración y el miedo. "Tengo que intentar hablar con ella, mamá. Quizás si sabe que estamos aquí para ella, sin juzgarla, estaría dispuesta a aceptar nuestra ayuda."

Laura asintió, aunque su expresión reflejaba la duda y el temor de una madre que había visto su oferta de ayuda rechazada una y otra vez. "Por supuesto, hija. Pero debes estar preparada para cualquier respuesta. Gabriela... está atrapada en un lugar oscuro."

Las dos mujeres se abrazaron en silencio, compartiendo el dolor y la incertidumbre que la adicción de Gabriela había traído a sus vidas. Valeria se alejó con un peso adicional en su corazón, determinada a hacer lo que pudiera para traer de vuelta a su hermana.

***

Adrián, tras su regreso triunfal a los escenarios, se convirtió en una figura aclamada y solicitada en el mundo de la música. Sus conciertos eran eventos de ensueño, donde su talento y pasión por la música creaban un ambiente casi mágico. A pesar del brillo y la excitación de sus giras mundiales, acompañado por su fiel hermano Alfonsito, había algo que lo atraía irremediablemente de vuelta a su hogar.

Cada vez que sus compromisos se lo permitían, regresaba a la casa de sus padres. Era un retorno a sus raíces, a la simplicidad y el amor que siempre había encontrado en ese lugar y al imborrable recuerdo de Valeria.

"Mamá, papá, siempre es un alivio volver," decía Adrián con una sonrisa cálida mientras cruzaba el umbral de la casa. Sus padres, igualmente emocionados, lo recibían con los brazos abiertos, su amor y cariño incondicional siempre presentes.

En esos momentos de reencuentro, Adrián se sentía plenamente en casa, lejos del bullicio y la presión de su vida profesional. En las noches se dirigía al salón, donde su viejo piano vertical lo esperaba. Acariciando las teclas con familiaridad, comenzaba a tocar melodías que evocaban recuerdos y emociones profundas.

"Tu música siempre nos trae tanta alegría, hijo," comentaba su madre, mientras se sentaba a escuchar, a menudo con lágrimas en los ojos.

"Sí," agregaba su padre, con un brillo de orgullo en la mirada. "Es como si cada nota contara una historia, nuestra historia."

Adrián, sumergido en la música, sentía una profunda gratitud por esos momentos. A pesar de las glorias y las ovaciones en grandes escenarios, era en esa vieja casa, con su familia y su piano, donde su corazón encontraba verdadero consuelo y paz.

Su amistad con Bellini, el abogado que tanto había hecho por él, se convirtió en un vínculo por vida. Cada vez que tocaba en Italia, hacía un punto de visitar a Bellini, agradeciéndole no solo por salvar su carrera, sino por creer en él cuando más lo necesitaba. Estos encuentros eran momentos de camaradería y gratitud mutua, reafirmando la fuerza de una amistad nacida en tiempos difíciles.

***

Adrián, fiel a una tradición que él mismo había instaurado, regresaba año tras año a la filarmónica de su ciudad natal. Allí, en ese escenario que lo vio nacer como artista, cerraba cada concierto con "Sueño de Amor" de Franz Liszt. Esa pieza, impregnada de pasión y melancolía, era su homenaje silencioso a Valeria, a quien solía tocarle esa melodía en las noches que compartieron. Era un testamento de un amor eterno, un lazo invisible que el tiempo ni la distancia podían desvanecer. Una melodía que nunca tocó en otro sitio, le pertenecía a Valeria. Solo a ella.

Al final de cada presentación, el director de la orquesta le entregaba un ramo de lirios blancos, las flores que Adrián solía traer a Valeria todos los domingos. Al recibirlos, permitía que sus dedos rozaran suavemente los pétalos, cada uno un susurro del pasado. Esos lirios, símbolos de un amor puro y persistente, eran un puente entre el presente y aquellos domingos llenos de ternura y promesas, cierto de que Valeria se los enviaba.

Aunque su mirada se perdía entre la multitud, buscando un rostro que no podía encontrar, en su corazón sentía la presencia de Valeria escondida entre las sombras, convencido de que ella no faltaría y se la imaginaba escuchándolo desde algún rincón entre los espectadores, con lágrimas corriendo por su rostro y aplaudiendo al final de cada pieza.

En los días que seguían a cada concierto, Adrián se refugiaba en la soledad del viejo parque. Allí, entre los lirios que alguna vez fueron testigos de sus promesas y susurros de amor, dejaba que los recuerdos afloraran. Recordaba cada risa, cada caricia, cada mirada compartida bajo la sombra de los árboles. Era un peregrino en un santuario de memorias, donde el amor que vivió con Valeria seguía vivo, inmortalizado en cada nota de su música y en la belleza efímera de los lirios.

En el corazón del viejo parque, donde los otoños tejían tapices de hojas color ámbar y carmesí, el tiempo parecía detenerse, suspendido en un eterno recuerdo. Los árboles, testigos silenciosos de tantas estaciones pasadas, se erguían majestuosos, desplegando sus ramas adornadas con hojas que bailaban con el viento antes de emprender su último vuelo hacia el suelo. Cada otoño, las hojas caían, formando un manto de belleza efímera sobre los senderos, como si la naturaleza misma quisiera pintar un cuadro de nostalgia y despedida.

En este parque, Adrián y Valeria habían compartido incontables paseos, sus manos entrelazadas siendo el único lazo que necesitaban para sentirse completos. Los senderos, ahora recorridos por otros amantes y soñadores, aún guardaban el eco de sus risas y conversaciones susurradas. Aquí, cada rincón, cada banco, y cada vista al lago eran páginas de un libro de amor que nunca se cerró.

Las tardes de otoño traían consigo una luz dorada que se filtraba a través de las hojas, creando un juego de sombras y luces que parecía sacado de un sueño. A veces, cuando el parque se vaciaba y el crepúsculo comenzaba a envolverlo todo, parecía posible ver a dos figuras caminando juntas a lo lejos, una pareja perdida en su mundo, inmune al paso del tiempo.

Adrián, aunque ya no paseaba por estos senderos, sentía que una parte de él nunca había dejado aquel lugar. En su corazón, los recuerdos de Valeria y él en el parque permanecían vivos, tan brillantes y cálidos como el sol de otoño.

Era aquí donde su alma siempre regresaba, buscando el consuelo de aquellos días dorados.

El viejo parque, con sus árboles y sus hojas cayendo en un ciclo sin fin, era un monumento al amor que una vez floreció bajo su amparo. Era un lugar donde la belleza y la nostalgia se encontraban, donde los recuerdos de Adrián y Valeria seguían vivos, danzando con las hojas en cada brisa de otoño.

Made in the USA
Las Vegas, NV
27 June 2024